우리의 연애는 모두의 관심사

우리의 연애는 모두의 관심사

장강명
차무진
소향
정명섭

marmmo fiction

마름모

차례

(장강명)	투란도트의 집	7
(차무진)	빛 너머로	53
(소 향)	포틀랜드 오피스텔	121
(정명섭)	침대와 거짓말	161

작가의 말　　　　　　　　213

장강명

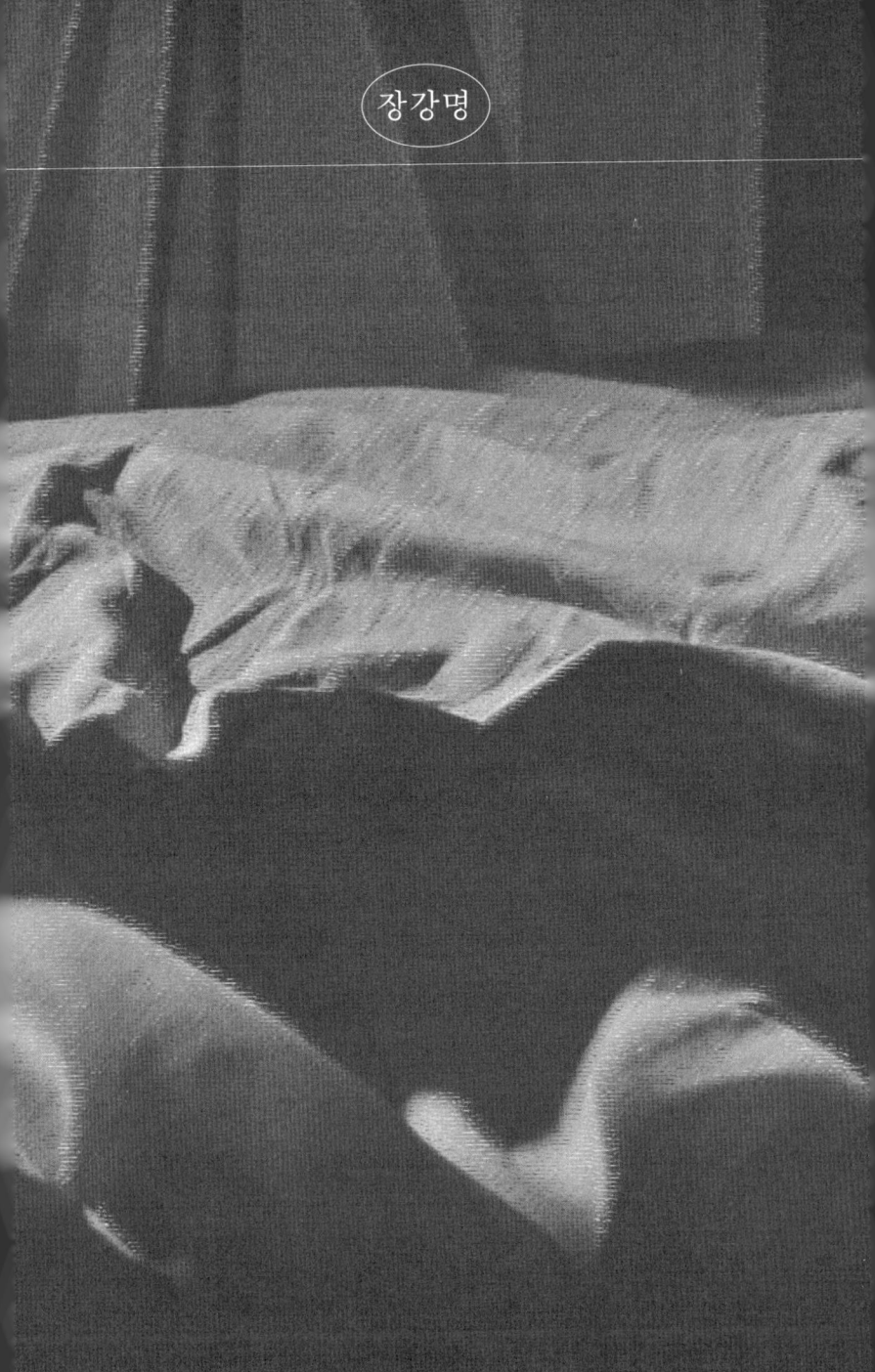

투란도트의 집

우리는…… 우리의 직업은 중요치 않다. 우리는 학교 선생님들이고, 그녀는 정규직 10년 차 물리 교사, 나는 기간제 신입 수학 교사일 수도 있다. 우리는 정부 연구소의 연구원들이고, 그녀는 금융정책연구부의 선임연구위원, 나는 같은 팀의 부연구원일 수도 있다. 우리는 중견 기업의 경영지원본부 직원들이고, 그녀는 재무팀 차장, 나는 총무팀 사원일 수도 있다. 이 이야기를 하는 데에는 그 정도 배경지식이면 충분하다.

그녀와 나는 평범한 직장인이며, 우리는 건조한 분위기의 사무실에서 종종 마주친다(우리의 업무는 음악이나 문학과는 아무 관련이 없다는 점을 미리 밝혀둔다). 하지만 활발히 대화를 나누는 사이는 아니다. 그리고 그녀는 나보다 나이가 일곱 살 많고, 직급이 세 단계가량 높다. 즉 우리는 출근

길에 지하철에서 마주치면 서로 반가워한다기보다는 어색해지고, 그렇다고 고개를 돌려 외면할 수도 없는 사이다. 그리고 1년에 한 번 정도는 운동회 뒤풀이건 금융정책연구부 전원이 참석하는 포럼이든 경영지원본부 회식이건 아무튼 그런 술자리에서 술을 마시게 되는 사이다.

여기에 덧붙여야 하는 정보가 있다면 그녀가 미인이며, 업무 능력이 탁월하고, 일 중독자처럼 보였다는 사실이다. 차갑고 도회적인 분위기에, 실제 성격도 그런 것 같았다. 애초에 그녀가 미인이 아니었더라면 내가 그녀에게 끌리는 일도 없었으리라. 하지만 처음부터 끌렸던 것은 아니었다. 스물아홉 살 남성에게 직장에서 직급이 세 단계가량 위인 사람은 하늘처럼 높게 느껴진다. 넘볼 수 있다는 생각 자체가 들지 않는다.

나에 대한 정보도 덧붙일까? 나는 잘생기지 않았다. 아주 긴 얼굴에 눈 코 입이 멀쩡하게 붙어 있는 정도다. 눈 코 입 중 어느 하나 매력적으로 생기지 않았고, 그나마 두 눈 사이의 거리가 멀어서 중학생 때 별명이 심해어였다. 나는 어릴 때부터 다른 사람 앞에서 자신을 드러내지 않는 성격이었는데 그런 성격이 된 데에는 매력적이지 못한 외모가 한 원인이지 않았을까 짐작한다. 그렇다고 다른 사람들 앞에서 과도하게 비굴한 사람도 아니었다. 그런 태도 역시 눈길을 끈다.

그냥 분수에 맞게 잘 처신한다는 표현이 나에 대해 적절한 설명일 것 같다. 나는 내가 외모로 이성에게 어필할 수 없으리라는 사실을 매우 잘 알았다. 내 지성이나 다른 정신력 같은 게 특출하다고 여기지도 않았다. 그런 자기인식 덕분에 미묘하게 침울한 분위기가 내게 좀 있었던 것 같다. 그리고 얼굴도 길어서, 실제보다 나이 들어 보이는 편이었다. 하지만 남들은 눈치채지 못하는 충동이나 열기도 긴 얼굴 아래 얼마간 품고 있었다. 가죽 안쪽에는 스물아홉 살 남자의 몸뚱이가 있었다는 이야기다.

출근길 지하철 안에서 그녀와 제대로 된 대화를 처음 나눴다. 서로 눈이 마주치고 상대가 누구인지 알았는데, 고개를 돌려 외면할 타이밍을 놓쳤다. 반갑다기보다는 어색했다.

"……씨?"

그녀가 먼저 말을 걸었다.

"네, 선생님(혹은 선임님, 차장님)."

"이 근처 살아요?"

"……역에서 자취하고 있습니다."

서로 어느 동네에 사는지, 아침에 집에서 보통 몇 시에 나오는지 이야기하고 난 뒤, 그녀는 내게 들고 있는 책이 뭐냐고 물었다.

"아, 일본 작가 소설집입니다. 지하철에서 휴대폰 보는 것보다는 책 읽는 게 나을 거 같아서요."

"아쿠타가와 류노스케?"

"네, 아쿠타가와 상이라는 일본의 문학상이 있는데……"

"알아요.《라쇼몽》의 원작자이기도 하고."

그렇게 말하면서 그녀는 자연스럽게 내 책을 자기 손으로 들고 가 이리저리 살폈다.

"신간인가보네. 표지가 예뻐서 요즘 작가 책인 줄 알았어요."

흰색 바탕에 노란색과 하늘색으로, 또 한글과 한자로 '아쿠타가와 류노스케'라는 단어는 두 번, '청춘'이라는 단어는 세 번 인쇄되어 있는 표지였다. 표지 아래에는 '나약한 마음이 창피해서 우울해져버렸다'는 문구가 적혀 있었다. 1927년에 사망한 일본 소설가의 단편들을 2024년에 한국 출판사가 산뜻한 디자인으로 출간한 이유는 나도 몰랐다. 내가 2024년 어느 날 출근 시간에 서울 지하철 5호선에서 직장 상사와 아쿠타가와 류노스케를 소재로 대화하게 될 줄도 몰랐다.

"도서관 신간 코너에 있길래 빌렸어요."

"여기 〈갓파〉라는 단편도 있어요? 그 단편 재미있었는데. 아, 있네."

그녀는 목차를 뒤적여보고 나서야 자기가 남의 책을 오래 들고 있었다는 사실을 깨달은 듯했다. 책 모서리를 잡은 손을 까닥까닥 두어 번 흔들고는 내게 미소를 짓고 책을 돌려주었다. 나는 저 사람이 원래 저렇게 밝은 사람이었나 하고 조금 놀라면서 책을 받았다. 이후로 우리가 결별하는 그날까지 그녀는 단 한 번도 이때만큼 밝은 표정을 내게 보여주지 않았다. 아쿠타가와 류노스케의 소설집을 들고 미소를 지은 이후로는, 어떤 웃음을 지어도 쓸쓸함과 공허함이 얼굴에 배어 있었다.

회사가 가까워지면서 우리는 다시 서먹해졌다. 나는 그녀에게 아쿠타가와를 좋아하느냐, 일본 문학을 좋아하느냐고 물었고 그녀는 그런 건 아니라고 대답했다. 나는 그녀에게 아쿠타가와를 언제 읽었느냐고 물었고 그녀는 "옛날에"라고 대답했다. 나는 내 분수를 깨닫고 입을 다물었다. 승강장에 내렸을 때 나는 화장실을 들러야겠다고 말했고 그녀는 "그래요, 그럼"이라고 말했다. 입술로는 미소를 지었지만 눈은 웃고 있지 않았다.

갓파는 물에 산다는 일본의 요괴다. 아쿠타가와의 단편 〈갓파〉는 갓파들이 사는 나라에 다녀온 인간의 여행기 형식의 소설로, 《걸리버 여행기》의 넷째 장인 후이넘 편을 떠올리게 되는 내용이다. 하지만 〈갓파〉의 주인공은 걸리버보다 더 못 믿을 화자인데, 아예 소설 첫머리부터 이 주인공이 현재 정신병원에 감금된 상태라고 나온다. 아쿠타가와가 당시 일본 사회를 풍자하기 위해 쓴 소설이라고 하지만 나는 읽으면서 딱히 그런 느낌은 받지 못했다. 오히려 유쾌하고 흥겹다는 감상마저 있었다.

그렇게 흥겹게 엉망진창인 세상으로 도망치고 싶었다.

〈갓파〉는 내가 들고 있던 책 후반부에 수록되어 있었다. 그녀를 지하철에서 마주쳤을 때 나는 〈갓파〉를 읽지 못한 상태였다. 두 번째 단편인 〈게사와 모리토〉를 막 마친 참이었다.

〈게사와 모리토〉는 불륜을 저지르는 남녀에 대한 소설이다. 남자의 시점과 여자의 시점이 번갈아 나온다. 두 남녀는 스스로를 혐오하며, 파국을 향해 나아간다. 자신들의 욕망과 윤리 어느 쪽도 포기할 수 없어서다. 이렇게 적고 보니 하필 그녀와 처음 대화다운 대화를 나눈 때가 이 소설을 막 읽은 직후였다는 사실이 의미심장하게 느껴진다.

그녀와 다시 이야기를 하게 된 것은 몇 주 지나서였다. 직장에서 1년에 한 번 정도 열리는 행사 뒤풀이 자리에서였다. 1차로 고깃집에서 식사를 하며 소주를 마셨고, 남은 몇몇이 2차로 호프집에서 맥주를 마셨다. 그녀와 나는 1차에서는 멀찍이 떨어져 앉았고, 2차에서는 가까이 앉기는 했으나 별 대화를 나누지는 않았다.

2차 자리가 끝나고 지하철역으로 가려고 유흥가 골목을 지날 때였다. 나란히 어색하게 걷던 중 그녀가 하늘을 올려다보고는 말했다.

"오늘 달이 참 아름답네."

나는 반사적으로 고개를 위로 들었지만 술집 간판들만 즐비했을 뿐, 달은 보이지 않았다.

일본인들은 직설적인 표현을 쓰지 않는다며, 'I love you'를 '달이 아름답네요'라고 번역한 사람이 나쓰메 소세

키였던가, 아쿠타가와 류노스케였던가? 어쨌든 나는 그 일화를 알고 있었고, 머뭇거리다 이렇게 대꾸했다.

"손이 닿을 것 같네요."

나는 그렇게 말하고 그녀를 바라보았다. 놀라서 얼빠진 표정이었을 것이다. 그녀는 그런 내게 미소를 지어 보였다. 쓸쓸하고 공허한 미소였다.

"조용한 데서 술 한잔 더 할까?"

그녀가 물었고 나는 "네"라고 대답했다. 침을 삼키는 소리가 너무 크게 들린다고 부끄러워하면서.

'조용한 데'가 조용한 바를 말하는 건지, 아니면 숙박 시설을 말하는 건지 되물을 필요는 없었다. 그녀가 어느 모텔 입구로 들어섰으니까. 나는 그때까지만 해도 그녀가 나와 섹스를 하겠다는 것인지, 정말 '조용한 곳'에서 술을 마시겠다는 것인지 확신하지 못한 상태였다. 후자일 가능성도 있다고 생각했다.

그녀는 모텔비를 계산했고, 우리는 5층 방에 올라갔다. 그녀는 방을 둘러보더니 뭘 해야 할지 몰라 우물쭈물하는 내게 말했다.

"먼저 씻어. 나는 나가서 술 좀 사 올 테니."

나는 샤워를 하는 동안에도 이 모든 일이 고약한 장난

이고, 그녀가 모텔로 다시 돌아오지 않을 수 있다고 생각했다. 그러나 그녀는 10여 분 뒤에 모텔 문을 두드렸다. 손에는 비닐봉지가 들려 있었고, 그 안에는 위스키가 한 병 있었다. 나는 그게 편의점에서 파는 가장 비싼 위스키일 거라 생각했다.

 우리는 무드 등을 켜고 위스키를 각각 두 잔씩 마셨다. 그녀는 안주를 사 오지 않았다. 별 의미 없는 대화를 했다. 이거 버번이죠? 전에는 버번이라고 불렀는데 요즘은 테네시 위스키라고 부를걸? 두 개가 무슨 차이예요? 글쎄, 그냥 무슨 마케팅 용어 아닐까? 검색해볼까요? 그래. 버번과 테네시 위스키의 차이는…… 어쩌고저쩌고…… 그러니까 테네시 위스키가 버번의 일종이라는 거야? 어쩌고저쩌고…… 결국 마케팅이네. 마케팅이라도 이름은 중요하죠. 뭔가를 정확히 가리키고, 다른 것과 구분할 수 있게 해주니까요. 그런 효과를 내는 게 고급 마케팅이지. 역시 콜라를 사 올걸 그랬어. 위스키 콕으로 마시는 게 더 맛있었을 텐데. 나가서 사 올까요? 아니, 이제 그만 마실래. 씻고 올게.

 그녀는 수건 하나만 걸친 알몸으로 화장실을 나왔다. 내 하의는 그녀가 벗겼고, 상의는 내가 벗었다. 우리는 섹스를 했다. 나는 서툰 남자처럼 보이지 않을까 속으로 벌벌 떨며 섹스를 했다. 성 경험 자체는 스물아홉 살 남자 평균 정도는 될 거라 생각했지만 그런 상황이 처음이었다.

그녀는 벌벌 떠는 것 같지 않았다. 사실 처음에는 섹스에도 별로 관심이 없는 것 같았다. 그러나 나의 두려움과 걱정에도 불구하고, 그녀는 결국 천천히 행위에 몰입했다. 내 눈에는 그녀가 달아오르는 것처럼 보였는데, 지금은 그녀가 그렇지 않았을 수도 있다는 걸 안다. 적어도 당시에 내가 상상했던 방식으로는 말이다. 어쨌든 내가 너무 긴장한 바람에 사정을 잘하지 못한 게, 내 자존심에는 다행이었다. 그녀는 성행위 중에 울음을 터뜨렸고, 나는 그게 내가 뭘 잘해서 그녀가 절정을 느낀 거라고 착각했다. 지금은 그녀가 울음을 터뜨리고 싶어서 섹스를 했다고 생각한다.

이름은 중요하다. 뭔가를 정확히 가리키고, 다른 것과 구분할 수 있게 해주니까. 나는 그녀와 내가 어떤 관계인지 정확히 알았다. 섹스 파트너. 그 용어가 없었더라면 우리가 어떤 관계인지 몰라 골머리를 썩였을 것이다. 우리가 사랑하는 건지 아닌지 몰라 고심했을 것이다.

그녀가 나를 불렀다. 오늘 일 마치고 뭐 해? 그녀는 메신저로 물었다. 별일 없는데요. 그렇게 내가 대답하면 그녀는 술이나 마시자고 했다. 처음에는 그래도 염치가 있었다. 사무실에서 몇 정거장 떨어진 바에서 내가 그녀를 기다렸다. 그러면 거기서 위스키를 몇 잔 마시고 음악이나 문학에 대해 의미 없는 이야기를 조금 나누다가(그녀는 그 두 분야에 해박했다) 근처 모텔로 갔다. 나중에는 그냥 모텔에서 만났다. 거기서 술을 종이컵이나 머그컵에 따라 몇 잔 마시고 샤워를 하고 섹스를 했다. 술은 내가 가져갔다. 그즈음에는 위스키 병을 사무실 서랍에 숨겨두고 다녔다. 그녀의 연락을 받으면 그걸 백팩에 넣어 들고나왔다.

'그냥 모텔에서 만나. 먼저 가서 기다리고 있어. 야근 마치고 갈 테니. 체크인하면 방 번호 알려주고.'

처음 그런 문자 메시지를 받았을 때 나는 그녀가 그만큼 몸이 단 거라고, 나와의 섹스에 푹 빠진 거라 여겼다. 실은 거추장스러운 절차를 생략한 것뿐이었다. 그녀가 나와 술을 마실 때 음악과 문학에 대해 이야기한 것도 내 교양이나 식견 때문이 아니었다. 그녀 자신에 대한 이야기를 하지 않아도 되는, 안전한 주제이기 때문이었다. 나는 그녀에게 살아 있는 딜도조차 아니었다. 나는 성욕 해소의 도구가 아니라, 자기파괴의 도구였다.

푹 빠진 사람은 나였다. 나는 그녀라는 수수께끼를 풀고자 애썼다. 그러나 그녀는 자신이 어떤 사람인지 도무지 밝히려 하지 않았다. 그녀가 뭘 좋아하고 뭘 싫어하는지조차 자세히 알 수 없었다.

그녀가 확실히 거부하는 것도 두세 가지 있기는 했다. 그녀는 TV를 싫어했고, 밝은 조명을 싫어했다. 그리고 라벨의 〈죽은 공주를 위한 파반느〉도 싫어했다. 우리가 섹스를 하기 시작한 지 얼마 지나지 않았을 때 내가 휴대폰으로 저 곡을 틀자 그녀는 "저 곡은 싫어, 다른 거 틀어"라고 말했다.

왜요? 내가 물었다.

재수가 없어, 곡이. 그녀가 대답했다.

어떤 음악을 틀까요. 이후로 모텔에서 내가 묻곤 했다. 그녀의 대답은 늘 같았다. 그냥 아무거나 틀어. 방이 어두워 얼굴이 보이지 않아도 그녀가 어떤 표정을 지으며 그런 말을 하는지는 알 수 있었다. 목소리가 쓸쓸하고 공허했다. 나는 스트리밍 사이트에서 재즈와 클래식 리스트를 찾아 틀었고, 그녀는 음악을 듣다가 가끔 "이 음악 좋다" 하고 말하기도 했다. 그런 말 없이 그저 고개를 내 어깨에 가만히 기대기도 했다.

나는 그게 좋아서 비탈리의 〈샤콘느〉를 자주 틀었다. 사라 장이 연주한 〈샤콘느〉, 김다미가 연주한 〈샤콘느〉, 야샤 하이페츠가 연주한 〈샤콘느〉, 다비드 오이스트라흐가 연주한 〈샤콘느〉, 피아노가 숨을 죽이는 〈샤콘느〉, 피아노가 바이올린과 대화하는 〈샤콘느〉, 오르간 반주 〈샤콘느〉, 오케스트라와 함께하는 〈샤콘느〉…… 다른 일을 하며 배경으로 틀어놓지 않고 그 자체에 집중하며 클래식 음악을 한 음 한 음 들어본 것은 그때가 처음이었다.

나는 휴대용 스피커를 샀다. 블루투스로 작동하고, 작은 턴테이블처럼 생긴 제품이었다. 음질은 그저 그랬으나, 작동하면 레코드판 모양의 투명 원반이 돌아갔고 그 아래에서 LED 조명이 켜진다는 장점이 있었다. 표면에 울퉁불퉁한 굴곡이 있는 투명 원반을 통과한 빛이 모텔 벽에 물결무늬를 그렸다. 다른 조명을 끄고 스피커만 켜놓고 있으면 수면 아래에 있는 듯한 느낌이 났다. 그녀는 마음에 들어하는 것 같았다.

그러나 내가 위스키 전용 잔인 글렌캐런 글라스를 두 잔 가져왔을 때에는 냉랭한 반응이었다.

"뭐랄까, 좀 부담스럽네. 이런 거 준비 안 해도 돼. 술은 그냥 머그잔에 마셔도 돼."

그녀는 무표정한 얼굴로 말했다. 빛의 물결이 무표정한 얼굴 위로 움직였다. 깊고 조용한 계곡에서 차가운 시냇물에 반사되는 햇빛을 맞으며 삼라만상의 공허함을 말하는 스님 같은 분위기였다. 거역하기 어려웠다.

"사람에 대한 예의가 아니잖아요. 평생 자기를 짝사랑하던 시녀가 자기를 위해 목숨을 바쳤는데, 몇 분 지나지도 않아서 공주와 저렇게 해맑게 사랑을 이야기해도 되는 건가요."

내가 말했다. 위스키 콕을 홀짝이며 〈투란도트〉의 유명한 아리아 〈아무도 잠들지 마라〉를 휴대용 스피커로 듣고 난 직후였다.

아름다운 소시오패스 공주 투란도트는 구혼자들에게 결혼 조건으로 수수께끼를 풀라고 요구한다. 구혼자들이 정답을 못 맞히면 그냥 돌려보내는 게 아니라 목을 벤다. 그런데 그녀를 보자마자 사랑에 빠진 금사빠 칼라프 왕자가 거기에 도전한다. 나는 칼라프가 왜 왕자인지 이해하지 못한다. 주변 사람들이 그를 왜 왕자로 받드는지도. 왕국 없는 왕자가 존재할 수 있나? 그냥 집도 절도 없는 떠돌이 아닌가?

아무튼 집도 절도 없는 신세에 외모지상주의자이기는 해도 세상 떠돌면서 보고 들은 건 있었는지, 칼라프는 투란도트가 낸 세 문제를 다 푼다. 소시오패스 공주는 소시오패스답게 거기에 승복을 못하는 상황. 칼라프는 무슨 깡인지 자기가 수수께끼를 내겠다고 한다. 만약 그 수수께끼를 풀면 자기 목숨을 주겠다고. 수수께끼는 다음 날 아침까지 자신의 이름을 알아맞히라는 것이었다. 투란도트는 베이징 시민들에게 저 떠돌이 왕자의 이름을 알아 오라고 지시하며, 칼라프는 이때 〈아무도 잠들지 마라〉를 부른다.

투란도트는 칼라프의 아버지 티무르와 시녀 류를 체포한다. 류는 몇 년째 칼라프를 지극한 마음으로 짝사랑해오고 있다. 나라 잃고 눈까지 먼 부왕 티무르를 섬기고 보살피는 이유도 그 때문이다. 투란도트가 티무르를 고문하려 하자 류는 왕자의 이름을 아는 건 자신뿐이라며 제지한다. 잔인한 고문을 받으면서도 류는 칼라프의 이름을 밝히지 않는다.

네 가슴에 이런 힘을 주는 게 누구지? 투란도트가 묻는다.

공주님, 그건 사랑입니다. 류가 대답한다.

류는 아리아 〈가슴속에 숨겨진 이 사랑〉을 부른다. 슬픔과 고통을 달라고, 그게 사랑하는 이에 대한 자신의 가장 숭고한 선물이라고 노래한다. 군중은 류를 더 고문하라고 외치고, 류는 자신이 더 버틸 수 없음을 안다. 류는 아리아 〈얼음장 같은 공주님의 마음도〉를 부른다. 투란도트도 차가운 겉모습을 벗고 칼라프를 사랑하게 될 거라는 내용이다. 그러면서 자신은 피곤에 지친 눈을 감겠다고 한다.

노래를 마친 류는 옆에 있던 병사의 단도를 빼앗아 자신을 찌른다. 그리고 칼라프에게 기어가 그의 발치에서 죽는다.

칼라프는 잠시 슬퍼하며 류를 위해 몇 마디 지껄인다. 그러고는 놀라운 행동을 하는데, 투란도트가 싫다고 거부하는데도 그녀에게 억지로 입을 맞추는 것이다. 그게 하늘의 은총이니 뭐니 헛소리를 하면서. 투란도트 역시 황당하게도 키스를 마치더니 사실은 당신을 전부터 사랑했노라 어쩌고 하면서 자기가 졌다고 노래한다. 두 사람은 이후 해맑게 사랑을 이야기한다.

투란도트가 엄청 예뻤나보지. 예쁘면 개연성 생겨. 그녀가 말했다.

류는 못생겼고요? 내가 웃으며 물었다.

〈투란도트〉 결말은 푸치니가 쓴 게 아냐. 그녀가 말했다.

아, 그래요? 나는 몰랐던 이야기였다.

푸치니는 류가 죽는 장면까지만 썼어. 〈투란도트〉는 미완성 작품이었고, 결말은 다른 작곡가가 쓴 거야. 초연 지휘자가 토스카니니였는데, 토스카니니는 류가 죽는 장면까지만 지휘하고 무대에서 내려왔어.

아…… 지금 결말 너무 이상한데, 푸치니가 오래 살았더라면 다른 결말로 썼을 수도 있겠군요.

그렇지도 않았을 거야. 푸치니도 오래 고심했다고 하니까. 그렇게 고심하다가 뾰족한 방법을 못 찾고 죽는 바람에 〈투란도트〉가 미완성 작품이 된 거지. 수습할 수가 없는 이야기잖아. 공주는 자기가 한 말도 안 지키는 남성 혐오자이고 충직한 시녀가 그 공주 때문에 왕자 앞에서 그렇게 비참하게 죽었는데, 그걸 어떻게 수습하겠어.

그즈음 자주 이용한 무인 모텔 몇 곳의 내부 풍경을 나는 아주 세세히 그릴 수 있다. 당시 나는 어떤 모텔이 얼마나 청결한지, 얼마나 세련됐는지, 담배 냄새가 나지는 않는지, 옆방에서 나는 신음이 들리지는 않는지, 벽지는 무슨 문양이고 바닥은 어떤 색인지, 무드 등이 붉은 톤인지 노란 톤인지, 침대가 얼마나 넓은지, 옷걸이가 몇 개나 있는지, 화장실에 욕조가 있는지 등등을 잘 숙지하고 있었다.

모텔에서 사용하는 통합 리모컨 사용법도 완벽히 익혔다. TV, OTT, 조명, 냉난방 조절 버튼이 모두 한데 있는 물건 말이다. '오늘 저녁에 봐, 먼저 가서 기다리고 있어'라는 연락을 받으면 나는 모텔 근처에서 햄버거나 국밥 따위를 먹고 방을 잡았다. 꼼꼼히 양치를 하고 샤워를 하고 난 다음 그 통합 리모컨을 조몰락거리며 시간을 보냈다. 지독히 답답하고 외로운 시간이었다. 진지하게, 모텔에 창문이 없어서 그런 감정을 느꼈을 수도 있다고 생각한다.

그녀를 기다리는 동안에는 글자가 눈에 잘 들어오지 않았고, 모텔의 눅눅한 침묵을 견디기도 힘들었다. 나는 통합 리모컨을 조몰락거리며 TV와 OTT에 올라와 있는 동영상들을 보았다. 그녀가 모텔에 들어올 때 통속 영화나 애니메이션을 보다가 들키고 싶지는 않았다. 내 진짜 취향에 놀라서 그녀가 나를 우습게 보지 않기를 바랐다. 나는 클래식 연주 실황 영상들을 보았다. 프랑크푸르트 방송 교향악단은 유튜브 채널에 중간 광고 없는 영상들을 올렸다. 유튜브로 〈샤콘느〉도 들었다. 흐느끼는 〈샤콘느〉, 부드러운 〈샤콘느〉, 비장한 〈샤콘느〉, 장중한 〈샤콘느〉, 신경질적인 〈샤콘느〉, 다독이는 〈샤콘느〉, 살갗을 에는 〈샤콘느〉……

그러나 그녀와 섹스 파트너가 되고 나서 나는 한 가지 깨달음을 얻었다. 취향은 어떤 사람의 정체성과 큰 상관이 없다. 당신이 어느 뮤지션의 팬이라거나 어떤 음악 장르에 대해 지식이 해박하다는 사실은 당신에 대해 별로 말해주는 바가 없다. '당신이 먹는 음식이 곧 당신You are what you eat'이라는 격언은 영양학자한테나 의미 있는 얘기다. 섹스를 몸으로 하는 소통이라고 하는 말도 틀렸다. 아쿠타가와와 비탈리를 좋아하는구나, 하고 그녀의 취향을 더듬더듬 파악하면서도 나는 상대가 어떤 사람인지에 대해 거의 아는 바가 없었다.

차라리 전통의 호구조사가 상대를 파악하는 데 더 유용한 방법일 것 같다. 어디 살아요? 어디에서 태어났어요? 어디에서 자랐어요? 어느 학교를 나왔어요? 가족관계는 어떻게 돼요? 형제는 몇 명이에요? 부모님은 살아 계세요? 그런 질문 중에 한두 개를 던져본 적도 있다. 그녀는 코웃음을 쳤다. 알아서 뭐 하게, 라며.

그냥, 궁금해서요.

궁금해하지 마. 난 안 궁금하니까.

뭐가 안 궁금하다는 거예요? 제가 어디서 태어났나, 그런 거?

응. 그거. 네가 어디서 태어났는지가 뭐가 중요해.

제가 어디에서 태어났는지를 알면 저를 달리 볼 수도 있죠.

네가 남극 출신이라고 해서 별로 달라질 게 없잖아.

간신히 코웃음을 칠 기회를 얻은 나는 흥, 하고 콧바람을 내뿜으며 눈길을 돌렸다.

그럼에도 나는 조금씩 그녀에 대한 정보를 쌓아갔다. 이번 주말에는 뭐 해요, 연극이랑 뮤지컬 중에 뭘 더 좋아해요, 위스키 안주로 김밥은 어때요, 집에서는 뭐 먹어요 같은 질문을 던지다 어떤 친구가 있는지, 어디서 어떻게 자랐는지, 집에 혼자 있을 때 뭘 하는지 같은 이야기를 주워들을 수 있었다.

나는 그녀가 혼자 산다는 걸 알았다. 집에서 그녀를 기다리는 가족은 없었다. 그녀가 결혼을 한 적이 있다는 사실도 알았다. 결혼한 적이 있는데 현재 집에서 기다리는 가족은 없으니까, 그리고 손가락에 결혼반지도 없으니까 이혼을 했구나 하고 추론했다.

정말 중요한 정보는 그녀의 이전 직장 동료를 통해 듣게 됐다. 나는 그를 다른 학교 교사들과 함께 참여하는 연수에서 만났을 수도 있고, 관련 분야 연구원들이 모이는 포럼에서 만났을 수도 있고, 코엑스나 킨텍스의 산업 박람회장에서 만났을 수도 있다. 우리는 베이징에서 만났을 수도 있고, 내가 만난 이들의 이름은 핑, 팡, 퐁일 수도 있다.

그분 지금은 잘 지내세요? 힘든 일을 겪으셨잖아요. 핑이 말한다.

무슨 힘든 일이요? 내가 묻는다.

아, 모르시는구나. 딸이 죽었어요. 팡이 말한다.

어, 몰랐어요. 왜요? 내가 묻는다.

혈액암으로요. 자녀를 잃은 사람한테는 문상을 어떻게 해야 하나 되게 고민했었어요. 퐁이 말한다.

"투란도트가 치유되는 과정이 있어야죠. 투란도트는 망가진 사람이에요. 회복하는 서사가 있어야 해요. 왕자의 키스가 아니라 류의 죽음이 거기서 핵심적인 역할을 해야 하고요."

류의 죽음에 투란도트는 큰 충격을 받고 몸을 휘청거리며 자기 방으로 들어간다. 거기서 투란도트는 두 사람으로 갈라진다. 붉은 투란도트는 칼라프에게 자신을 허락할 수 없다며, 계속 싸워야 한다고 노래한다. 푸른 투란도트는 약속은 고귀한 것이라고 맞선다. 류를 그토록 강하게 한 사랑을 자신도 경험하고 싶다고 외친다. 두 투란도트가 이중창을 부르면서 투란도트가 왜 그동안 구혼자들을 살해했는지 이유가 설명된다.

"왜 죽였던 건데?"

그녀가 물었다. 휴대용 스피커의 조명을 받으며, 머그컵에 따른 위스키를 홀짝이면서.

"어…… 거기까지는 생각 안 했는데. 잠시만요."

투란도트가 왜 그동안 구혼자들을 살해했는지 이유가 설명된다. 투란도트는 어린 시절 어머니의 죽음을 목격한 뒤로 해리성 정체성 장애를 앓고 있었다. 흔히 다중인격이라 부르는 그 정신질환 말이다. 붉은 투란도트는 어머니처럼 불행하게 암살당하지 않으려면 구혼자들을 살해해 그들의 혼을 부리는 방법으로 자신을 지켜야 한다고 믿는다.

"붉은 투란도트는 자신에게 마음을 뺏긴 사람들의 목을 잘라서 그들의 영혼을 지배할 수 있었어요. 그런 주술을 알고 있었던 거죠. 어머니가 죽기 전에 어린 투란도트에게 가르쳐준 술법이었어요."

"오컬트물이 됐네. 정말 갑작스럽다."

그녀가 웃었다.

푸른 투란도트가 왕자에게 가겠다고 하자, 붉은 투란도트는 죽은 구혼자들의 혼을 부른다. 사랑 때문에 목숨을 잃었기에 사랑에 빠진 사람들을 미워하는 악귀들이다. 푸른 투란도트가 위기에 빠졌을 때 칼라프 왕자가 나타난다. 푸른 투란도트와 칼라프 왕자는 함께 붉은 투란도트와 악귀들을 상대로 싸우지만 힘에 부친다. 악귀들이 이름을 밝히라고 하자 왕자는 "내 이름은 칼라프!"라고 외치고 푸른 투란도트는 "그의 이름은 사랑!"이라고 말한다. 그러자 악귀들과 붉은 투란도트가 소멸한다.

"걔네들이 왜 소멸해?"

그녀가 머그컵에 위스키를 따르며 물었다.

"잠자던 공주가 키스를 받으면 깨어나는 것과 같은 원리죠. 투란도트가 어릴 때 걸린 저주에 그런 허점이 있었던 거예요. 정말 사랑하는 남자가 나타나서 그녀를 위해 죽으려고 하면 저주가 풀린다는. 구혼자들은 그녀를 위해 죽으려 한 게 아니라 그녀 때문에 죽은 거고요."

내가 설명했다. 빙빙 돌아가는 푸른 조명 속에서, 막 지어낸 이야기에 저 혼자 감탄하며.

"투란도트가 저주에 걸렸어? 아까는 트라우마 때문에

이중인격자가 된 거라며."

"같은 얘기에요. 현대 정신건강의학적 관점에서는 해리성 정체성 장애로 진단받는 증상을 과거에는 '저주에 걸렸다'고 표현한 거죠."

"투란도트가 악귀를 부려서 칼라프 왕자를 협박할 수 있었다면 왜 베이징 시민들을 괴롭히고 류를 고문했던 거야? 처음부터 악귀를 썼으면 됐잖아."

"아직 그 정도 마력이 없었던 거죠. 푸른 투란도트로 상징되는 마음의 선량한 부분이 마력을 억누르고 있었으니까. 하지만 투란도트가 둘로 분리되면서 붉은 투란도트는 거리낌 없이 마력을 쓸 수 있게 된 거예요. 가만있자, 그러면 붉은 투란도트가 소멸하는 걸로 끝내면 안 되겠네요."

칼라프 왕자가 "내 이름은 칼라프!"라고 외치고 푸른 투란도트는 "그의 이름은 사랑!"이라고 외치자 무대 아래에서 강한 빛이 뻗어나가며 악귀들이 몸을 숙이고 퇴장한다. 붉은 투란도트는 바닥에 쓰러져 흐느낀다. 붉은 투란도트는 자신의 분노와 두려움, 슬픔을 노래한다. 푸른 투란도트가 그런 붉은 투란도트를 일으켜 세우고 포옹한다. 푸른 투란도트가 붉은 투란도트의 아리아를 이어받아 분노와 두려움, 슬픔을 사랑으로 극복할 수 있을 거라고 노래한다.

이윽고 두 투란도트는 합쳐져 하나가 되고, 붉지도 푸르지도 않은 한 사람의 투란도트가 된다. 치유되고 회복되어 새롭게 태어난 투란도트와 왕자는 황제에게 가서 결혼하겠다고 발표한다. 베이징 시민들이 환호한다.

"핀 조명으로 한 소프라노를 붉은색으로, 다른 소프라노를 푸른색으로 표현할 수 있을 거예요."

"류는 어떻게 되는 거야? 그냥 죽은 채로 끝나는 거야?"

"음…… 지금 든 생각인데, 이렇게 연출하면 어떨까 해요. 투란도트가 둘로 갈라질 때, 푸른 투란도트 역을 류 역의 소프라노가 맡는 거예요. 붉은 투란도트는 투란도트 소프라노가 그대로 연기하고요. 괜찮지 않아요?"

"마블 영화 같아. 너무 깔끔해서. 그리고 남자들은 왜 그렇게 여자들을 구원하고 싶어서 안달인지 모르겠어. 그 메시아 콤플렉스 만족시켜주려고 죽은 류가 옷 갈아입고 다시 나타나서 다른 사람을 연기해야 하는 거야?"

그녀는 서글픈 미소를 짓고 씻고 오겠다며 자리에서 일어났다. 내가 지어낸 투란도트의 다른 결말은 우리가 늘 나누던, 또 다른 의미 없는 이야기에 지나지 않았다.

이번 주말에 뭐 해요?

아무것도 안 하는데.

연극이랑 뮤지컬 중에 뭘 더 좋아해요?

똑같아. 둘 다 관심 없어. 그녀가 내가 사 온 김밥을 먹으면서 말했다.

그 김밥 어때요? 위스키 안주로 괜찮아요? 좀 안 어울리지 않아요?

괜찮은 거 같은데. 사줘서 고마워.

식사 거르지 마요.

그럴게.

주말에 연극이나 뮤지컬 같이 보러 갈래요? 연극 〈백치〉랑 뮤지컬 〈카르밀라〉 중에서 뭐가 좋아요?

둘 다 관심이 없네. 보고 싶으면 혼자 봐. 여자친구 아직도 없어?

없는데요.

나가서 또래 여자들도 좀 만나고 그래. 만날 아줌마랑 모텔만 가지 말고.

〈카르밀라〉가 국내 창작 뮤지컬인데, 초연이래요.

관심 없다니까.

저희는 그냥 만나서 술 마시고 섹스하고 그게 전부인 건가요.

응. 우리 사이가 그런 사이야.

제가 이 모텔을 못 견디겠어서 그래요. 너무 답답하잖아요. 사람이 공간 영향을 받는다고요. 이런 데서는 발기도 잘 안 돼요. 음식도 그게 뭐예요. 왜 좋은 위스키를 김밥이랑 같이 먹어요.

발기는 문제 없는 거 같던데. 한 번 더 할까?

뭐, 섹스에 환장했어요?

야, 너 웃긴다. 섹스에 환장한 건 너 아니야?

그 말을 듣고 나는 침대에서 일어나 주섬주섬 옷을 입었다. 섹스에 환장한 인간이 아님을 증명하기 위해 할 수 있는 일이 그것밖에 없었다. 그녀가 나를 붙잡지 않더라도 최소한 '뭐 하는 거야, 지금'이라든가 '나가려고?' 같은 말을 해주길 바랐다. 그녀의 눈치를 살피는 모습을 들키면 그야말로 웃음거리일 것 같아서 꾹 참고 굳은 얼굴로 옷을 입은 뒤 모텔을 나섰다.

불길한 소음이 나는 엘리베이터를 타고 내려오면서, 야릇한 조명이 켜진 모텔 로비를 빠져나오면서, 도시의 시궁

창 같은 유흥가 골목을 걸으면서, 나는 끓어오르는 분노를 계속 유지하려 애썼다. 달리 무엇을 해야 할지, 어떤 기분을 느껴야 할지도 알 수 없었다. 갑자기 주저앉아 운다든가, 고함을 지른다든가, 벽을 주먹으로 친다든가, 다른 사람에게 시비를 걸지 않으려 애썼다.

그녀에게 잔인한 말을 하고 싶었다. 영원히 잊을 수 없는 한 문장을 던지고 싶었다. 그런데 그런 문장을 떠올릴 수가 없었다. 그녀에게는 약점이 없었다. 나는 그녀에게 상처를 줄 수 없었다. 내가 어떤 말로 그녀를 공격할 수 있겠는가? '당신 늙어서 볼품없어'라고? '그따위로 행동하는데 재혼은 어림도 없지'라고? '당신 같은 인간은 노년이 외롭고 비참할걸'? '젊은 남자 직원이랑 모텔이나 다니는 게 부끄럽지 않아'?

나는 내가 화를 내는 이유를 알았다. 그녀가 나를 모욕해서가 아니었다. 그녀의 마음속으로 단 한 치도 들어갈 수 없다는 사실에 내가 좌절해서였다. 편의점에 들러 맥주를 한 캔 샀다. 계산을 하자마자 바로 뚜껑을 따서 마셨다. 마시면서 걸었다. 지하철역에 가기도 전에 캔을 다 비웠고 머리가 핑 돌았다.

퇴근 시간이 한참 지난 시각이었는데도 지하철은 이상

하게 붐볐다. 지하철 동영상 광고를 보며 멍하니 서 있다가 빈자리에 앉았다. 그제야 주머니에서 휴대폰을 꺼냈는데, 그녀의 메시지가 와 있었다.

'연극이나 뮤지컬은 보고 싶지 않네. 주말에 내가 자취하는 집에 올래?'

모텔이 차라리 낫지 않을까 싶은 작은 원룸이었다. 전망은커녕 햇빛도 제대로 들어오지 않았다. 처음 그 집에 들어섰을 때 나는 은둔형 외톨이를 찾아가서 사연을 듣는 TV 프로그램을 떠올렸다. 그런 프로그램에 나오는 집들과 그녀의 원룸이 외견상으로 비슷하지는 않았다. 어둑어둑한 좁은 거주 공간이라는 사실을 제외하면 그녀의 원룸은 깨끗했고, 정리도 잘되어 있었다.

하지만 삭막했다. 나는 엉뚱하게도 세상의 끝에 온 것 같다는 생각을 했다. '사람이 사는 곳 같지 않다'는 느낌을 받았고, 그 느낌 때문에 은둔형 외톨이의 집이나 극지대를 떠올렸던 것 같다. 카페나 바 같은 상업 공간이든, 평범한 사람의 집이든, 어떤 공간은 손님에게 말을 건다. 조명과 벽지와 가구들이 자신을 소개하고 주인의 취향을 설명한다. 그녀의 집은 전혀 그렇지 않았다. 그곳의 침대와 행어, 테이블은 아무 장식도 없는 저가 제품으로, 말라 죽은 화분 같은 인상을 풍겼다. TV는 당연히 없었고, 책장이나 업무용 책상처럼 꼭 있어야 할 것 같은 가구도 없었다. 놀랍게도 책조차 한 권 없었다. 휴대용 스피커를 들고 가지 않았는데 오디오 시스템이 없어서 당황했다. 내가 사 간 아이스크림케이크는 그녀의 미니 냉장고에 들어가지 않았다. '이런 데서 어떻게 살아요' 하는 말이 목구멍까지 올라왔다.

하도 좁고 삭막한 집이어서 나는 그녀의 연봉으로 이 정도 집밖에 구하지 못하나 하고 잠시 생각했다. 어떤 공간에 인간적인 분위기를 부여하는 것이 뭘까 하는 생각도 했다. 이 오피스텔 지하에 있을 보일러실에도 그곳에서 일하는 설비기사가 액션 피규어를 몇 개 가져다놓고 가족사진을 몇 장 붙여놨다면 인간적인 분위기가 될 것이다. 거기에 피와 살과 마음을 지닌 사람이 머문다는 사실을 방문자가 바로 알 수 있을 것이다. 그녀의 원룸에는 그런 게 없었다. 인형도 없었고, 사진도 없었다. 벽과 가구에는 스티커 한 장 붙어 있지 않았다. 쓰다 만 메모 같은 것도 없었다. 솔직히 딸의 사진이 없다는 사실에 나는 좀 놀랐다.

내가 파스타 면을 삶는 동안 그녀는 내가 선물한 글렌캐런 글라스로 싱글몰트 위스키인 더 글렌리벳을 홀짝홀짝 마시고 있었다. 그녀가 글렌캐런 글라스를 사용해서 조금 기뻤고, 그럼에도 위스키가 아니라 커피를 마시는 거라면 얼마나 좋을까 생각했다. 흐트러지는 모습을 보이는 적이 없었고, 그 순간 위스키를 많이 마시는 것도 아니었지만, 나는 그녀가 구제 불능의 알코올 중독자임을 알고 있었다. 그녀의 삶은 황폐했고, 나도 그 황폐함을 거들고 있었다. 파슬리 가루를 조금 뿌린 스파게티 알리오 올리오를 함께 먹으면서 나도 위스키를 조금 마셨으니까. 토요일 오후 한 시였다.

그녀는 파스타가 맛있다며, 내 요리 솜씨를 칭찬했다. 나는 서글프게 웃었다. 내 미소도 쓸쓸하고 공허해 보였을 것이다. 그녀가 내 덕분에 밝아지는 게 아니라 내가 그녀 때문에 어두워지고 있었다.

설거지와 양치를 하고 커튼을 친 방에서 천천히 섹스를 했다. '사랑을 나눴다'는 표현을 쓰고 싶지는 않다. 그녀는 아무것도 내게 나눠주지 않았다. 나는 그녀의 몸에서 약간의 온기와 쾌락을 얻었지만 그것은 그녀가 내게 의도적으로 제공한 것이 아니었다. 그녀는 나와 뭔가를 나누는 대신 베개로 얼굴을 가리고 소리 없이 눈물을 흘렸다. 육체적 절정

과는 아무 관련 없는 눈물이었고, 이제 나도 그걸 알았다.

나는 그녀의 몸에서 내 몸을 뺐다. 그녀가 꼭 쥐고 있던 베개를 옆으로 치우고 그녀의 뺨에 흘러내리는 눈물을 내 손으로 닦았다.

나랑 결혼해요. 내가 말했다.

무슨 헛소리야. 그녀가 웃었다. 그녀의 눈물이 기쁨에서 나온 게 아닌 것만큼이나 그녀의 웃음 역시 기뻐서 나온 것은 아니었다. 그냥 헛웃음이었다.

이렇게 살지 말아요. 내가 지켜줄게요.

나를 위협하는 건 아무것도 없는데. 그녀가 침대에서 몸을 일으키며 말했다.

그럼에도 상대를 위협하는 것이 무엇인지 내가 생각하는 동안 그녀가 결정타를 날렸다.

그리고 나 남편 있어. 지금 결혼한 상태야.

그녀의 딸은 1년 동안 혈액암을 앓다 세상을 떠났다.

소아백혈병은 생존율이 90퍼센트 가까이 된다는데, 우리 딸은 나머지 10퍼센트였어. 그녀가 말했다.

환자 가족들은 궁금해하지. 우리 애가 얼마나 살 수 있나요? 저희는 괜찮으니까 정말 솔직히 말씀해주세요. 다들 그렇게 의사한테 물어봐. 의사가 그런 건 딱 잘라 말할 수 없다고 아무리 설명해도 안 믿어.

이런 상황에서 평균을 내면 3, 4개월인데 어떤 경우에는 2주 만에 숨지는 경우도 있고 어떤 경우는 1년이 지나도 잘 살아 있는 경우도 있어요. 그 평균이라는 게 의미가 없어요. 의사들은 그렇게 설명할 수밖에 없어. 그러면 그냥 저 의사가 희망을 품게 하려고 저런 소리를 하는구나, 우리 애는 3, 4개월 남았구나 하고 받아들이는 부모도 있고, 잘만 하면 1년을 버틸 수도 있겠구나 하고 낙관적으로 생각하는 부모도 있어.

하지만 의사가 뭐라고 말하건, 부모가 어떻게 받아들이건, 그 아이들이 2주 뒤에 죽을 수도 있어. 특히 소아암 환자는 더.

그런 정보들은 이상하게도 낯설지 않게 들렸다. 오래전 언젠가, 이곳이 아닌 다른 곳에서 그 말을 들은 적이 있는 것 같았다. 꿈을 꾸는 기분이었다.

아이가 갑자기 상태가 안 좋아졌어. 몇 시간씩 코피를 흘리고 잇몸이 다 무너져서 입이 온통 피투성이였어. 아이를 살릴 수 있다면 무슨 짓이든 했을 거야. 몸을 팔아야 했다면 몇백 번이고 몇천 번이고 팔았을 거야. 눈을 뽑아야 했다면 두 눈을 모두 망설임 없이 내 손가락으로 뽑을 수 있었을 거야. 기부를 했어야 했다면 가진 걸 다 팔아 바치고 남은 인생은 평생 구걸을 하며 살 수 있었을 거야.

장례를 치르는 동안에는 이상하게 눈물이 나오지 않았다. 몸에서 물이 말라버린 느낌이었다. 침도 얼마 나오지 않았고, 화장실에도 가지 않았다. 물을 마시지도 않았고 음식을 먹지도 않았다. 화장장을 나올 때 갑자기 울음이 터져 나왔고, 그녀는 눈을 덮으려고 손바닥을 들다가 기절했다. 흐린 시야를 가리는 자신의 손, 그 흐릿한 분홍빛 살덩어리에 질겁하면서. 그때부터 그녀는 자신의 몸을 증오하기 시작했다.

머리로는 다시 일어서야 한다고, 죽은 아이도 그걸 바랄 거라고 생각했다(돌이켜보면 그런 생각도 잘못이었다. 죽은 아이는 아무것도 바라지 않는다). 정신과 상담도 받고 약도 먹었다. 남편도 함께 우울증에 걸렸고, 남편과 함께 병원에 갔다. 아침에 일어나 햇빛을 받는 게 좋다고 해서 매일 아침 일곱 시에 억지로 몸을 일으켜 밖으로 나가 남편과 함께 아파트 주변을 걸었다. 운동을 해야 한다고 해서 남편과 함께 피트니스클럽에 등록했다. 시금치, 호두, 아보카도, 블루베리, 비타민제를 먹었다.

지나간 과거는 바꿀 수 없고, 그들에게는 미래가 남아 있었다. 현재에 집중해야 했다. 남편은 조심스럽게 아이를 다시 갖자고 말했고, 그녀도 동의했다. 그렇게 관계를 맺다가 그녀는 침대에서 일어나 화장실로 도망쳤다. 그녀가 변기를 붙잡고 토하는 동안 화장실 밖에서 남편이 미안하다고, 자신이 너무 서둘렀다고, 그녀의 마음을 헤아리지 못했다고 끝없이 사과했다.

남편의 잘못이 아니었다. 남편은 잘못한 게 아무것도 없었다. 그녀의 세상이 끝나버렸다는 것이 문제였다. 세상은 끝났고, 그녀의 모든 인생은 과거에 있었고, 남은 미래는 없었다. 집중할 현재도 없었다. 소중한 것, 아름다운 것, 가치 있는 것은 모두 과거에 있고, 끝났다. 죽은 것을 되살릴 수 있다면, 왜 죽은 아이를 놔두고 다른 것을 되살린단 말인가? 소중한 것, 아름다운 것, 가치 있는 것을 왜 죽은 채로 그냥 놔두면 안 된단 말인가? 잔해에 불과한 것들을 왜 억지로 좀비처럼 움직이게 만들어야 한단 말인가?

그녀는 소중한 것을 되살리려는 남편이 있는 집을 나와 원룸을 구했다. 전망 없는 방, 어떤 소중한 것도 잉태하지 않는 장소, 세계의 끝, 아니 세계가 끝난 이후 세계 밖에 있는 공간이었다. T. S. 엘리엇이 시에서 묘사한 것처럼, 그녀의 세상은 쾅 소리를 내며 끝나지 않았다. 흐느끼며 끝났다.

"내 남편은 뭐랄까, 고결한 사람이야. 나를 사랑하고······ 자기가 저지르지 않은 잘못에 대해서까지 책임을 지려 하지. 내가 여기서 어떻게 살고 있는지 남편이 알고 있어. 너랑 이렇게 자는 것도 알아. 그래도 이해하겠대. 괜찮대. 기다리겠대. 내가 지금 망가져서 이러는 거래."

하지만 나는 치유되고 싶지 않아.

그녀가 말없이, 눈빛으로 말했다.

노래를 마친 류는 옆에 있던 병사의 단도를 빼앗아 자신을 찌른다. 그리고 칼라프에게 기어가 그의 발치에서 죽는다. 비통에 빠진 칼라프 왕자가 조금 전 류가 불렀던 아리아 〈얼음장 같은 공주님의 마음도〉를 테너 버전으로 부른다. '당신의 얼음과 같은 냉정함은 겉모습뿐입니다'라는 대목은 그대로, '당신이야말로 그분을 사랑하게 될 거예요'라는 구절은 '그 분'을 '나'로 가사를 바꿔서 노래한다.

그러나 칼라프는 노래를 제대로 마무리하지 못한다. 아

리아 뒷부분에서 테너는 목소리를 줄이다가 점점 웅얼거리듯 가사를 읊는다. '당신이야말로 나를 사랑하게 될 거예요'라는 문장에는 힘이 실리지 않는다. 그가 노래를 마치기 전에 무대 조명이 꺼지고, 투란도트를 제외한 모든 인물이 어둠에 파묻힌다. 오로지 투란도트에게만 핀 조명이 내려온다.

투란도트를 제외한 모든 사람들이 품에서 가면을 꺼내 쓰는데, 그 가면은 형광 도료가 칠해져 있어 어둠 속에서 으스스하게 빛난다. 똑같이 생긴 가면들이 암흑 속에 둥둥 떠 있다. 이것이 소시오패스 투란도트가 보는 세상이다. 타인은 그저 가면을 쓴 자들일 뿐이다.

가면을 쓴 칼라프가 투란도트 옆에서 무어라 웅얼웅얼 말하더니 투란도트에게 입을 맞추려 한다. 투란도트는 가면을 피하지만, 결국 가면은 그녀의 입술을 빼앗고 만다. 가면을 쓴 군중이 그 주변에 모여 환호하듯 손을 올린다. 군중은 2막 2장의 대사를 외친다. 당신은 그의 용감한 승리에 대한 상이다……! 당신은 그의 용감한 승리에 대한 상이다……! 그러나 군중의 말소리는 제대로 들리지 않는다. 크고 낮은 메아리뿐. 투란도트는 자신을 편드는 사람이 아무도 없음을, 자신에게 남은 길도 하나뿐임을 깨닫는다. 사실 군중과 핑, 팡, 퐁, 그리고 그녀의 아버지 황제는 극 전체를 통틀어

단 한 번도 투란도트를 편든 적이 없다.

투란도트는 가면을 쓴 군중에 둘러싸여 가면을 쓴 황제 앞으로 간다. 핀 조명이 투란도트를 쫓아간다. 가면을 쓴 사람들은 모두 그 빛 바깥에 있다. 핑, 팡, 퐁이 가면을 쓴 채 팔을 흔들며 웅얼거린다. 투란도트의 패배를 기뻐하는 듯하다. 영광이여……! 영광이여……! 가면을 쓴 황제가 어둠 속에서 낮은 목소리로 무어라 웅얼거린다. 투란도트의 몸은 이제 투란도트의 것이 아니며, 그날 밤 칼라프에게 내줘야 한다고 선언하는 듯하다. 서약은 신성한 것……! 서약은 신성한 것……! 왕이 웅얼거림을 마치자 군중이 가면을 쓴 채로 허리를 굽히고 기괴하게 춤춘다. 투란도트가 살고자 하는 삶의 방식을 존중하는 사람은 아무도 없다. 아무도 그것을 제대로 된 삶이라고 생각하지 않기에.

객석에 붉은 조명이 떨어진다. 얼굴에 온통 피를 묻힌 류가 객석 한가운데서 일어나 무대를 내려다보며 투란도트를 가리키며 깔깔 웃는다. 류는 죽었지만 승리했다. 투란도트가 살해한 남자들 역시 피투성이가 된 채 객석 복도 이곳저곳에서 몸을 일으킨다. 그들은 무대를 내려다보며 허리를 젖히고 껄껄 웃는다. 류와 죽은 남자들은 마음껏 투란도트를 조롱한다.

류와 죽은 남자들은 흥겹게 춤추며 무대로 올라간다. 붉은 조명이 그들을 쫓아간다.

빛나는 가면을 쓴 사람들이 투란도트의 결혼식을 치른다. 군중은 무대 중앙에 투란도트와 칼라프를 남기고 물러나지만, 결코 무대 아래로 내려가지는 않는다. 그들은 무대 가장자리에서 투란도트와 칼라프를 지켜본다. 투란도트의 섹스는 모든 베이징 시민의 관심사이며, 투란도트의 신방은 그런 의미에서 공개된 장소다. 이제 모든 이가 소시오패스가 된다. 모든 이가 투란도트와 칼라프의 섹스를 지켜본다.

옷을 벗고 나체가 된 칼라프가 투란도트의 옷을 벗긴다. 투란도트는 저항하지 않는다. 투란도트는 여전히 타인의 고통에 공감하지 못하는 살인마이며, 사람 목숨으로 게임을 하고, 자신이 만든 게임 규칙조차 지키지 않은 더티 플레이어다. 그녀는 베이징 시민이나 관객들의 연민에 호소해 위기를 모면하려는 마음이 없다. 망가져 있든 그렇지 않든, 그녀에게는 그런 생각이 떠오르지 않는다.

투란도트는 범해지는 내내 무표정하고 무덤덤하다. 그녀는 몸이 뚫리는 그 순간 딱 한 번 고통의 비명을 지른다. 2층 무대에 선 류와 악귀들은 가면을 쓴 채 배꼽을 쥐고 깔깔대며 웃는다. 칼라프가 몸을 움직이는 동안 류와 악귀들은 그 리듬에 맞춰 춤을 춘다. 무대 아래에서부터 강력한 지향성 조명이 칼라프와 류, 악귀들을 비춘다. 앞뒤로 몸을 흔들어대는 칼라프의 거대한 그림자가 무대 배경에 일렁이도록. 류와 악귀의 피칠갑 분장이 더욱 추악하게 보이도록. 붉은 조명이 객석을 어지럽게 비춘다. 관객 역시 목격자이며, 공범이다.

격렬하고 오랜 섹스를 마친 칼라프가 기지개를 켜며 승리감을 만끽한다. 그는 투란도트를 꺾었다. 가면을 쓴 군중도 기지개를 켠다. 그들은 투란도트를 무릎 꿇렸다. 칼라프와 군중은 그제야 무대에서 퇴장한다. 류와 악귀들 위로 떨어지던 조명이 점점 약해지고, 원한이 풀린 그들은 점차 보이지 않게 되며 무대 밖으로 사라진다.

몇 분간 정적이 흐른 뒤 벌거벗은 투란도트가 몸을 일으킨다. 투란도트는 똑바로 서서 피 흘리는 제 몸을 관객들이 보도록 놔둔다. 투란도트는 인적 없는 궁전을 알몸으로 배회한다. 투란도트가 2막에서 노래했던 아리아 〈이 궁전 안에서〉의 테마가 연주된다. 나는 누구의 것도 되지 않겠다…… 나는 누구의 것도 되지 않겠다…… 그러나 투란도트는 노래하지 않는다. 투란도트는 절규하지 않고 슬퍼하지도 않는다. 투란도트는 그저 쓸쓸하고 공허하게 미소 지을

뿐이다.

투란도트는 궁궐의 가장 높은 망루에 올라 관객들을 똑바로 바라보며 몸을 던진다. 떨어지며 외친다.

이것이 모두에게 적절하―

나는 스물아홉 살 남성이었고, 투란도트가 절망과 더불어 사는 방식을 이해하지 못했다. 내가 아는 자기파괴는 안전벨트를 매지 않은 채 자동차를 시속 200킬로미터로 질주하는 그런 종류뿐이었다. 절망했다면서, 자신을 파괴하고 싶다면서, 왜 확실하게 자기 숨통을 끊지 않는가? 나는 복원의 희망 자체에 무심한 사람은 느리고 쓸쓸하게 자신을 파괴할 수밖에 없다는 사실을 몰랐다.

그리고 나는 스물아홉 살 남성이었기 때문에, 한 사람을 구하는 일이 얼마나 어려운지 몰랐다. 기지를 부리고 저돌적으로 입을 맞추면 상대가 구해지는 줄 알았다. 하지만 세상에는 아내가 매일 술을 마시고 직장에서 만난 청년과 잠을 자면서 자신을 파괴해도, 그런 일이 언제 끝날지 알 수 없어도, 그저 기다리는 남자도 있다. 칼라프조차 자기 목숨을 두 번이나 걸었다.

나는 슬픈 사람들의 세상에 잘못 찾아온 한 마리 갓파였다. 갓파들의 나라로 돌아가고 싶었다.

그녀는 침대에서 일어나 벌거벗은 채로 창가에 섰다. 전망 없는 방이지만 네온사인 불빛은 들어왔다. 창문을 통해 들어온 붉은 조명이 그녀의 알몸을 덮었다 사라지기를 반복했다. 그 창가에서 고개를 들면 밤하늘도 조금 보이는 모양이었다. 그녀가 천천히 머그잔으로 위스키를 마시며 말했다.

"달이 참 아름답다."

나는 침대에 걸터앉아 그런 그녀를 바라보고 있었다. 창가에 서서 하늘을 올려다봤을 때 거기 정말로 달이 아름답게 떠 있을까봐 두려웠다. 내가 무엇을 내걸 수 있을지 생각했다.

 라벨, 〈죽은 공주를 위한 파반느〉

 비탈리, 〈샤콘느〉

 푸치니, 〈아무도 잠들지 마라〉 (오페라 〈투란도트〉 중)

 푸치니, 〈가슴속에 숨겨진 이 사랑〉 (오페라 〈투란도트〉 중)

 푸치니, 〈얼음장 같은 공주님의 마음도〉 (오페라 〈투란도트〉 중)

 푸치니, 〈이 궁전 안에서〉 (오페라 〈투란도트〉 중)

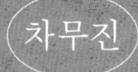

빛 너머로

"어느 거요?"

경비원은 공노식 씨가 가리키는 곳을 보며 물었다.

108동 옆 화단. 빼쩍 마른 소나무들 아래, 봉긋하게 솟은 둔덕에 잡동사니들을 잔뜩 모아두었다.

캐릭터 스티커가 덕지덕지 붙은 여행용 가방, 전열 난로, 자반 어항에 걸도록 만든 조명등, 진공관이 사라진 플레이어, 그리고 검은색 TV. 몇몇은 제 선을 둘둘 감았고 다른 몇몇에는 마른 진흙이 땟국물처럼 묻어 있다.

"시커먼 거요. TV 같은데."

결국 언급한 물건을 보았는지 경비원은 대수롭지 않다는 듯 고개를 숙이고 스티로폼들을 끈으로 마저 묶는다.

재활용 쓰레기들은 104동 앞 공터에서 분류하지만, 소형 가전들과 전기 폐품들을 모아두는 곳은 공터가 아닌 그

화단이다.

"업자는 네 시에 와서 가지고 갑니다."

60대 초반으로 보이는 경비원은 어디다 쓰시게? 글쎄, 쓸 만할까요? 버린 거면 고장 난 게 분명할 텐데, 따위의 오지랖은 부리지 않았다. 세탁기, 냉장고 등의 대형 가전이 아니라면 스티커를 붙이지 않고 이곳에 두면 업자가 알아서 가지고 간다. 그러면서 경비원은 툭, 하고 이렇게 내뱉었다.

"집으면 임자지, 오기 전에."

공노식 씨는 자신과 연배가 비슷해 보이는 경비원의 표정을 한 번 더 살핀 후 들고 있던 재활용 쓰레기 가방을 내려놓고 그쪽으로 걸어갔다.

그것은 TV가 아니라 일체형 PC였다.

얼핏 보면 모니터처럼 생겼지만 이 제품은 애플의 아이맥을 따라 한, 모니터와 데스크톱 하드웨어가 일체화된 컴퓨터다. 쉽게 말해 모니터 겸용 가정용 PC.

뒷면 정보 스티커를 보니 2015년에 출시되었고 모델명은 '상하이 전자 CUK5023'이라고 쓰여 있다. 시리얼넘버와 모델 코드는 벗겨져 있다. 주인은 이 일체형 PC에 노란색 폐가전 배출 스티커를 붙여놓았다. 버린 게 분명하다.

공노식 씨는 돌아보았다.

경비원은 끈으로 묶은 스티로폼들을 저쪽으로 옮기고 있었다. 멀리 놀이터 쪽에서 코스트코 마크, 이케아 마크가 그려진 커다랗고 뚱뚱한 나일론 가방을 양손에 든 서너 명의 주민들이 걸어오고 있다. 경비원은 그들에게 저쪽을 가리키며 종이상자부터 잘 쌓아놓으라고 소리쳤다.

동진 하이셀 파크는 재활용 쓰레기를 매주 수요일에 버린다. 저 경비원은 아파트가 완공되고 지금까지 6년째 일하는 베테랑이다. 말투가 사나웠지만 손은 빨랐다. 재활용 담당은 이 사람 말고 한 사람이 더 있었는데 그는 지나가던 공노식 씨를 보면 멀찍이 손을 흔들곤 했다. 가보면 표면에 물이 뚝뚝 흐르는 막걸리나 아파트 화단에서 딴 홍시를 건네주었다. 교수님 잡숴요잉. 그러나 이 경비원은 다르다. 무뚝뚝했고 눈이 마주쳐도 인사하지 않았다. 저 까탈스러운 자가 들고 가도 된다고 했으니 공노식 씨는 망설이지 않고 일체형 PC를 가슴에 안았다. 웃차.

신이 났다.

현관으로 들어온 공노식 씨는 한껏 어깻죽지를 넓게 펴고 거실로 들어갔다. 몸을 돌려 식탁으로부터 등이 보이도록 돌아섰다.

아내는 식탁에 앉아 성경책을 읽고 있다.

아파트 재활용 쓰레기장에서 주워 온 PC를 자신의 몸으로 숨기려 했지만 예순넷 노인의 어깨에 붙은 가녀린 근육들은 그것을 가려줄 리 만무하다.

다행히 아내는 이쪽을 보지 않는다.

고개를 숙이고 열심히 글을 읽는 아내가 눈치라도 챌라, 공노식 씨는 살금살금 거실을 걸었다. 미끈거리는 대리석 바닥은 발소리를 내지 않았다. 돋보기안경을 코에 건 아내는 그저 아래만 내려다보며 입술을 옹알거릴 뿐이다. 식탁에 놓인 머그잔에서 장미차 향이 났다.

방으로 들어온 공노식 씨는 방 한가운데 놓인 길이 2미터짜리 작업대에 일체형 PC를 내려놓았다. 그 방에는 전기 기기들이 가득했다. 특히 앰프들이 많이 쌓여 있었다. 동쪽 방향 벽에는 키가 큰 탄노이 웨스트민스터 스피커 한 조를 쌓아두었고, 그 위에 하베스, 프로악 등 고급 스피커들을 따닥따닥 올려두었다. 전부 앰프를 물리면 소리가 나는 것들이다. 하나 정작 그 방에서 그에게 음악을 들려주는 것은 그의 작업대 옆 오동나무 책상에 놓인 30년 된 구형 JBL 스피커였다. 거기에는 중국산 조립 DAC에 2관짜리 진공관 프리 앰프가 물려 있다. 그 외에도 데논, 오렌더 등의 메이커 앰프와 턴테이블, CDT 등 온갖 오디오 기기들이 벽에 둘려 있다. 그뿐 아니다. 라디오, 로봇 청소기, CRT 모니터, 전기밥솥, 커피머신 등 전자기기로 채웠다. 그것들은 마치 귀신에게서 그를 보호하듯 그의 작업 책상 주변을 에워쌌다. 전부 버린 쓰레기들이었고 그가 직접 수리했다. 저것들에 전원을 넣으면 전자파가 온 방을 휘몰아칠지도 모를 일이었다.

구석에는 형형색색의 전기 케이블들이 마치 동네 전신주란 전신주에서 전부 걷어 온 것처럼 두툼하게 말려 있다.

공노식 씨는 알리익스프레스에서 해외 직구로 산 중국산 아이마 파워앰프를 켜고 프리앰프 스위치를 올렸다.

페르 귄트 제2모음곡 Op. 55. 4번이 흘러나왔다.

〈솔베이의 노래〉.

오른팔에 토시를 찼다. 엄지와 검지만 잘라낸 목장갑을 꼈다. 목줄 달린 돋보기안경을 코에 걸었다.

준비를 마친 그는 만점 맞은 시험지를 바라보듯 새 물건을, 아니 새로 맞이한 고물을 흐뭇하게 바라보았다.

'부활시켜주마. 내가 너의 신이 되어주마. 너도 나를 잘 보위하거라.'

모니터에 붙은 스티커를 떼고, 알코올을 걸레에 묻혀 표면을 닦았다. 모니터를 바닥에 대고 눕혔다. 드라이버로 나사를 전부 뽑고 일체형 PC를 덮고 있는 뒤판을 열었다.

은색 철판 위에 세 개의 기판이 삼각형 대열로 박혀 있다. 메인 보드, 파워 보드, 티콘 보드다. 각 보드는 케이블로 연결된다. 맨 먼저 메인 보드에 부착된 하드디스크를 살폈다. 컴퓨터나 노트북을 버리는 가장 많은 이유가 하드디스크 불량 때문이다. 이게 문제라면 그저 하드디스크를 교체하기만 하면 된다. 젊은 친구들은 상식처럼 아는 사실이지만 가정에서 주부나 나이 든 사람들은 잘 모른다.

'에구, 멀쩡하게 사용할 수 있는 걸 버린 게군. 에구, 에구.'

얼굴에는 점점 흥분과 희열이 스몄다.

버려진 가전제품을 주워 와 수리하는 것. 그것은 공노식 씨의 유일한 취미였다. 인두로 보드나 기판을 지지고, 열화된 부분을 소제하고, 부품이나 트랜지스터를 떼어내어 전류가 흐르는지 테스트하고 죽은 제품을 살리는 것. 그것은 공노식 씨가 느끼는 유일한 희망이자 희열이었다.

8개월 전, 그러니까 작년 여름, 공노식 씨는 서재에 있던 책 2만 권을 전부 처분했다. 휘트먼의 영시집 초판본, 찰스 부코스키 서명본, 리처드 버크의 《갈매기 꿈》 초판본, 조르주 상드의 《시골 전설》 민속집 불어판본 등 값나가는 책들은 동료 교수가 가지고 갔고, 지방의 도서관에 보내기 위해 추린 것들은 대학원생들이 우체국 택배 박스를 들고 와 전부 실어 갔다. 그리고도 남은 책들은 중고서점 업자의 용달차에 실어 가게 했다. 그 자리에 저 고장 난 가전제품들을 채웠다.

전직 영문학 교수였던 공노식 씨는 이제 LP바를 찾아다니거나 한시漢詩 모임에 나가지 않는다. 창경궁을 걷거나 성북동 성곽을 살피는 일도, 민화 그리는 일도 하지 않는다. 또 백화점에서 클래식 듣기 강좌를 개설하지도 않았으며, 고전 읽기 모임에도 나가지 않으며, 전각을 파지도 않는다. 대학로에 있는 문화예술위원회 이사회 사무실에도 발길을 끊은 지 8개월이 되었다. 취미들은 이제 의미가 없었다. 무엇보다 평생을 들여다보던 영시 따윈 절대로 읽지 않는다. 잡다하게 묘사되고 축약을 가장한 가식적인 활자들, 생각이 녹아난 그 어떤 활자도 보지 않겠노라 다짐했다. 죽을 때까지.

사람을 현혹하는 것들.

고통만 일깨우는 빌어먹을 것들.

머리만 돌려 만든 상념과 자연의 본 모습은 극단적으로 다르건만.

평생을 영시와 영문학을 공부했지만 남은 것이라곤 이해할 수 없는 환상뿐이었다. 인간이란 존재 공간의 오류를 확인했으면서도 진짜를 착각처럼 여긴다. 현실을 직시하지 않고 이성이라는 이율배반적인 상념을 믿으며 진리를 보지 못하며 살 뿐이었다.

'괴력난신이 없기는.'

이성적이라고 자부하는 자들이 감성에 절실하게 젖고, 서러운 것들에 의지하고, 보고 느낀 것을 가공하고 부정하려 든다. 서구 문학은 온통 그것들의 연속이었다. 그런 생각은 전부 자신의 경험을 두고 하는 말이었다.

순정률에 가까운 자연음을 제멋대로 최적화하고 옥타브 비율을 열두 개의 반 음정으로 잘게 분쇄한 후, 그 평균율 조성을 하프시코드나 피아노로 과학적으로 표현할 수 있다며 정리를 시도한 자도 그가 그토록 존경하고 사랑하는 바흐였다. 바흐도 지극한 신의 신봉자다.

'다 필요 없어. 인문 상식은 전부 가식이야.'

대신 공노식 씨가 새롭게 집중하는 분야가 있었다.

바로 제품 수리였다.

더러워진 회로기판이나 남이 버린 가전제품, 오디오 개조, 고장 난 진공관, 스피커 등을 가능하게 만드는 것. 그런 것들은 도무지 설명할 수 없는 형이상학의 혼돈에서 그를 건재하게 만들었다.

중국산 6만 원짜리 앰프를 열어본 게 시초였다. 내부 트랜지스터 기판에서 칩들을 하나하나 뜯어내고 다시 땜질하며 소리를 분석했다. 이제 가전제품을 조립하면 새로운 생명 하나를 잉태하고 출산하는 기분이 들었다. 이제 이 죽은 놈을 되살릴 시간이다. 생명을 되돌린다는 것은 몹시 그리운 일이기도 하다.

노인은 기판들을 살폈다.

3.5인치 하드디스크가 아닌 노트북용 2.5인치 하드디스크가 부착되어 있었다. CPU도 깨끗하다. 하단에 냉각장치 두 개와 전원 공급장치가 달린 파워 보드가 배치되어 있다.

'으흠, 하드는 괜찮은 것 같고.'

메인 보드와 티콘 보드도 깨끗했다. 다만 파워 보드 2차단 기판 일부가 누렜다. 출력이 안 되는 건 이 2차단의 전원 부품들이 상했기 때문일 터다. 컴퓨터를 돌리는 부품들은 정상인데, 시동을 걸기 위한 입력단이 망가진 것. 들여다볼수록 이 컴퓨터 주인은 멀쩡한 컴퓨터를 버렸다는 생각이 든다. 파워 쪽이라면 몇 번의 검사로 간단하게 손볼 수 있기에.

공노식 씨는 빙긋이 웃었다.

아마도 주인은 이 컴퓨터를 바닥에 강하게 떨어뜨렸을

것이다. 그게 아니라면 갑자기 과열에 펑 하고 꺼졌을 수도 있다. 후에 전원을 넣어봤겠지만 이미 이놈은 깜깜히 먹통이 되었을 터다.

서랍에서 인두를 꺼내 전원코드를 꽂았다.

흥분감이 밀려왔다.

어려움 없이 고칠 게 뻔했고 이러면 공노식 씨에게는 멀쩡한 컴퓨터 한 대가 생기는 것이다.

인두가 달아오르는 동안 공노식 씨는 왼쪽 방구석, 붉은색 3단 이케아 선반을 쳐다보았다. 노트북 넉 대가 벽돌처럼 놓여 있다. 전부 재활용 쓰레기장에서 데리고 온 놈들이다. 저놈들 부품을 빼다 쓸까.

공노식 씨는 일체형 PC의 메인 보드와 파워 보드를 연결한 케이블을 제거했다. 파워 보드를 은색 철판에서 분리하고 자기 앞에 놓았다. 공노식 씨는 붉은색 선이 연결된 프로브°로 보드 입력단 기판의 납땜질한 부분을 하나하나 건드려보았다. 장갑 낀 손으로 콧잔등을 긁었다.

'12V, 5V? 음. 3.3V가 정격으로 나와야 하는데, 너무 비

° 스마트폰 모양의 테스트기에 검은 선과 붉은 선으로 연결된 펜슬 같은 도구. 끝에 계측용 침상 전극이 달려 있다. 이 침으로 부품을 찍으면 테스트기 액정에서 전원 상태와 전기 연결 상태를 확인할 수 있다.

정상적으로 낮군.'

테스터기를 다이오드 모드로 놓고 파워 보드에 박힌 부품들을 하나하나 찍어서 최소 전압을 체크했다.

'우선, 다이오드부터 바꾸자.'

다이오드를 새로 심었다.

2차단에 있는 다섯 개의 원통형 커패시터도 뽑아내 전부 교체했다. 이런 오래된 전자제품에 박힌 커패시터는 이미 전기 방전으로 용량이 감소해 더는 전기를 모으고 방출하는 기능이 없었다. 인두 냄새가 피어올랐고 공노식 씨는 돋보기 걸린 코를 한 번 찡그렸을 뿐, 내리깐 눈과 눈썹은 조금도 움직이지 않았다.

파워 보드에 전원을 넣어보았다. 불이 들어온다. 됐다.

공노식 씨는 깨끗한 부품이 박힌 파워 보드를 다시 일체형 PC 뒷면 철판에 부착하고 메인 보드와 케이블을 연결했다. 뒤판을 덮기 전에 마지막으로 전원을 넣어보았다.

어라?

공노식 씨는 이마를 구기고 엉켜 있는 수세미 같은 왼쪽 눈썹을 치켜올렸다.

컴퓨터가 작동되지 않는다.

이러면 파워 보드뿐만 아니라 메인 보드에도 문제가 있

다는 거다. 공노식 씨는 혀로 윗입술을 핥았다. 짧고 흰 수염이 자잘하게 박힌 그의 인중에 다시 힘이 들어간다.

'그래, 이래야지. 조금 애무해주었다고 단숨에 살아나면 재미없지. 좋아. 좋아. 녀석아. 나랑 좀 더 놀고 싶다는 거지? 귀여운 녀석 같으니라고.'

윈도우 음향이 들리며 윈도우 10 화면이 뜬다.

바탕화면에는 '내 컴퓨터' 아이콘, 휴지통, 마이크로소프트 엣지 아이콘이 보이고 좀 떨어진 곳에 'HOMECAM'이라는 아이콘 하나가 보인다. 버린 사람이 쓰던 상태 그대로 수리된 이 일체형 PC는 이제 하드디스크만 깨끗하게 포맷하면 새 컴퓨터가 되는 것이다.

공노식 씨는 하드디스크를 포맷하기 전, 하드디스크에 있는 내용물을 확인할 필요가 있었다. 중요한 개인 정보가 있다면 이 컴퓨터를 아파트 관리실에 맡길 심산이었다.

C 드라이브 하나만 존재했다.

설치된 프로그램은 윈도우 패치 프로그램 따위가 전부였고, 바탕화면에 깔려 있는 것은 '홈캠'이라는 이름의 폴더

하나뿐이다.

공노식 씨는 마우스에서 잠시 손을 뗐다.

폴더가 하나 덩그렇게 만들어져 있다.

아마도 홈캠 프로그램의 영상 파일들이 저장된 폴더가 분명했다. 이 일체형 PC는 정면 상단에 화상채팅이나 ZOOM 회의를 할 수 있도록 1080 해상도의 둥근 렌즈가 내장되어 있었다. 마우스 왼쪽 클릭으로 그 하나뿐인 폴더의 용량을 확인했다.

사용 중인 공간.

16,320,823,296바이트.

그러니까 이 폴더에는 15기가 정도 되는 영상 파일들이 있다는 의미다.

공노식 씨는 구석에 놓아둔 퍼거슨 3316 진공관 오디오를 흘깃 바라보았다. 뒤주같이 생긴 원목의 그것은 1965년 생산된 영국제 진공관 라디오 겸 턴테이블이다. 상판을 열었다. 서랍 같은 안쪽 공간에는 디스크 꽂이와 오토 턴테이블이 숨어 있다. 45년간 피웠던 담배를 8개월 전에 끊었던 공노식 씨는 그 퍼거슨 오디오 안에 숨겨둔 말보로를 꺼낼까 생각했다.

휴.

말자.

홈캠이니 분명 고양이나 강아지 영상들이겠지 싶었다. 요즘 젊은 친구들은 반려견을 회사에서도 관찰한다지 않나.

그때 방문이 열렸다.

"또 뭔가를 주워 왔죠?"

공노식 씨는 췌장이 방광 쪽으로 덜컥 내려앉는 듯한 압력을 느끼며 부랴부랴 고개를 돌렸다. 입을 막으려다가 코에 걸고 있던 안경을 잡듯이 건드려버렸고 그 바람에 안경은 메달처럼 그의 목에 대롱거렸다.

방 앞에 은아가 서 있다.

큰딸은 제 아비가 놀라 순간적으로 흉측하게 경기를 일으킨 것을 보았으면서도 전혀 미안해하지 않고 뱀같이 눈을 흘기고 있다.

은아는 공노식 씨가 사는 아파트에서 2킬로미터 정도 떨어진 주상복합에 산다. 법률구조공단에 다니는 사위와 둘이지만 내년 봄에는 식구가 하나 는다. 은아가 입고 있는 파란색 임부복이 부풀 듯 커 보였다. 큰딸은 모두가 죽어 있는 이 집에서 홀로 생명을 품고 있었고 또 생명 그 자체였다.

"언제 왔니?"

"그거 또 쓰레기죠?"

은아는 목에 두른 스카프를 풀며 공노식 씨를 노려보았다.

열린 문 너머로 부엌이 보인다.

식탁에는 사각 락앤락 통 세 개가 놓여 있다. 노란색 죽이 든 게 두 개, 탁한 남빛 죽이 하나다. 방금까지도 그 자리에 성경책을 펴고 앉아 있던 아내는 보이지 않는다.

"몸도 그런데 저걸 어찌 들고 왔어?"

은아는 사흘에 한 번꼴로 죽을 쑤어 가지고 온다. 올 초까지만 해도 서촌에서 팥죽과 양갱 카페를 했지만, 가게를 접었다.

"뭐 해요. 빨리 나오세요. 한술 뜨게요."

"됐다. 네 엄마나 줘라."

공노식 씨 입에서 엄마란 말이 나오자 은아가 강해졌다.

"아빠!"

"왜?"

"저는 지금 아빠랑 말하는 중이에요. 엄마가 아니라!"

"……"

"대체 병원은 왜 안 가시는 거예요?"

"일없다."

"일주일 동안 겨우 움직이는 게 재활용 쓰레기장에 가시는 것뿐이죠?"

공노식 씨는 몸을 돌렸다.

눈앞에는 잘생긴 일체형 PC가 자신을 바라보고 있었다.

뒤에서 은아의 수떨기가 멈추지 않는다.

"제가요, 오늘 쓰레기 버리는 날이어서 와본 거예요. 또 이러실 것 같아서. 대체 저런 쓰레기를 왜, 무엇 때문에…… 아휴."

은아는 말을 끊고 저쪽을 보며 한탄처럼 한숨을 내쉬더니 공노식 씨를 다시 노려본다. 그리고 잇는다.

"대체 왜 이런 걸 주워 오시는 거예요?"

공노식 씨는 심통 난 학생처럼 일자 드라이버로 책상을 톡톡 쳤다.

"병원도 안 가시고, 거실에도 안 나오시고, 운동도 안 하시고. 종일 방에서 왜 이러시고 있냐구요? 대체 왜요?"

"끄응."

"이렇게 고집부리시니까 엄마가 저러셨던 거예요. 제발 이제 나오세요. 방에 쌓아둔 저 쓰레기들, 이번 주 안에 당장 처리하세요. 아님, 제가 사람 불러 싹 가져가라 할 거니까."

"이건…… 내 생명을 지켜주는 것들이다."

은아가 어처구니없다는 표정을 지었다.

공노식 씨는 돋보기안경을 꼈다.

"어서 나오세요. 죽 식으니까."

공노식 씨는 안경을 다시 벗었다. 장갑과 토시를 벗고 일어났다.

키도 크고 배도 큰 딸을 밀치듯 하고 부엌으로 갔다. 싱크대로 가서 나무 숟가락 하나를 뽑아 들고 식탁 앞에 섰다. 세 개의 직사각형 락앤락 중 두 개는 호박죽, 맨 아래는 팥죽이다. 맨 위의 뚜껑을 열었다. 노란 호박죽은 몽긋몽긋 굳어 있었다. 끈적한 빛을 내는 표면에는 단주 알 만한 팥 알갱이와 구슬만 한 흰 새알심이 잠겼다.

퍽- 퍽- 퍽.

숟가락으로 찔러 마구 퍼댔다.

공노식 씨 입가에 노란 호박죽이 번들거렸다. 죽덩이가 쪼그라든 목을 타고 흘러내렸다. 칼라 밑 첫 번째 단추에 농 같은 노란 죽이 덕지덕지 묻었다. 가슴 언저리에서 대롱거리는 돋보기 안경알에도 튀었다.

"아, 아빠!"

지켜보는 은아가 입을 벌리고 어처구니없다는 듯 서 있었다.

공노식 씨는 반항하는 중이었다.

"그렇게 드시면 어떡해요. 덜어 드셔야죠! 아빠, 제발 천천히 드시라고요."

공노식 씨는 탁- 숟가락을 놓았다.

어금니를 꽉 깨물었다.

"다 먹었다. 됐냐?"

딸은 공노식 씨를 노려보았다.

공노식 씨는 키도 크고 배도 큰 딸을 지나서 자신의 방으로 향했다.

들어가며 방문을 쾅 닫았다.

화면 상단에 영상 정보가 있었다.

UVTC + 8 1920 × 1080 11 fps
2024 04 18 15: 02: 36

방이 보인다.

베이지색 실크 벽지. 바닥 역시 베이지색. 영상은 창들이 보이는 벽과 텅 빈 방이다. 바닥에는 일인용 회색 매트리스 하나만 깔려 있다.

이 일체형 PC는 매트리스가 깔린 방을 찍고 있다. 그곳은 아마도 바닥에서 1미터쯤 떨어진 책상 위일 터다. 상단에 탑재된 렌즈는 방의 3분의 2 영역만 비추고 있다. 화면 옆으로 공간이 더 있을 터였지만 렌즈는 움직이지 않았고 그쪽은 보이지 않는다. 추측해보건대 주인은 창틀이 보이는 벽에 기대어 앉아 이 일체형 PC에서 상영하는 영화나 TV를 감상했을 것이다.

공노식 씨의 눈이 수색하듯 이리저리 돌아갔다.

방은 공노식 씨가 있는 작업 방과 크기가 같다. 그걸 어떻게 아느냐, 벽 상단의 창 때문이다. 반쯤 열린 창 너머로 파란 하늘이 보였다. 파란 하늘 속에 소방 첨탑이 보인다.

공노식 씨가 사는 아파트 단지의 서쪽에 성북 소방서가 있다. 그렇다면 저 방은 소방서의 동쪽 면에 있다는 의미이고 그 위치는 102동뿐이다. 아닌 게 아니라 102동과 공노식 씨가 사는 103동은 52평형으로 방 네 개짜리 구조였고, 영상 속 저 방은 그렇다면 부엌 쪽에 있는 세 번째 크기의 베란다 방이다.

텅 빈 방.

벽과 벽의 모서리.

바닥에 깔아둔 일인용 국방색 매트리스 하나.

일체형 PC에 찍힌 영상은 그것만 비추고 있다. 공노식 씨는 귀 뒤를 긁으며 커서를 찍어 러닝타임을 조금 이동했다. 그래도 카메라는 하릴없이 텅 빈 방만 비추고 있다.

'이상하군. 사람 없는 방을 왜 비출까.'

결국 공노식 씨는 헛웃음을 지었다.

회사에 갔으니 그렇겠지 싶었다.

'저 집에 혼자 사는 사람이 반려묘나 반려견을 위해 설치한 카메라일 뿐이잖아.'

폴더의 무수한 영상 파일 중 두 번째 영상 파일을 클릭했다.

여전히 영상은 빈방을 비추고 있었고, 매트리스 하나만 덩그러니 보인다. 네 시간짜리 풀 영상을 두 배 빠르기로 재생하다가 노인은 그만 지겨워졌다. 폴더에는 이런 영상 파일이 수백 개가 있었다. 하나하나 틀어볼 엄두가 나지 않을 만큼 많다. 대충 몇 개를 보이는 대로 선택해서 커서를 띄엄띄엄 움직이며 확인했다. 영상들은 대부분 텅 빈 방만 찍혀 있다.

'별 볼 일 없는 영상이군. 그냥 포맷하도록 하자.'

공노식 씨는 이 컴퓨터를 어디에 쓸지를 일찌감치 생각해두었다. 아내와 아들을 찍은 영상들을 여기에 한데 모아

둘 생각이었다. 그가 가진 외장하드 네 개에는 전부 가족들을 찍은 영상이 있었다. 매번 외장하드디스크를 노트북에 연결해서 영상을 보는 게 불편했다. 시중의 노트북이 다 그렇지만 공노식 씨의 노트북도 용량이 크지 않다. 딸과 사위의 결혼식 영상은 주워 온 다른 노트북에 저장해두었다. 이번에 주운 일체형 PC는 하드디스크 용량이 매우 컸고 넓은 화면이 있었다. 여기에 아내와 아들의 영상들을 분류해서 저장하고 생각날 때마다 틀어 보면 알맞겠다 싶었다. 게다가 늘 곁에 두고 듣는 웜 울트라 네트워크 스트리머와 외장 DAC를 연결하고 오랜만에 비싸게 주고 사서 두어 번 물렸다가 방치해두었던 탄노이 스피커도 연결해볼 생각이었다. 일체형 PC에 스포티파이와 애플뮤직을 설치해서 들으면 이제 저 책장 위의 4,000여 개의 CD들을 전부 버릴 수 있겠지.

그때였다.

화면 왼쪽에서 한 남자가 나타났다.

쭈글쭈글한 곰돌이 푸 그림이 그려진 사각팬티를 입고 있다. 상의에는 검은색 메탈리카 글씨가 보인다. 공노식 씨는 정년까지 대학교에서 수많은 젊은이를 상대했다. 저 화면 속 남자는 그 아이들과 비슷한 나이다. 기껏해야 20대 초반.

피부는 멀쩡고 비만이었다. 척 봐도 출근을 한다거나

학교에 간다거나 하는 규칙적인 패턴을 유지하는 모습이 아니다. 매트리스 위에 앉은 사내는 예상대로 벽에 등을 기댔다. 오대산 통나무처럼 굵고 허연 다리를 펴고 비스듬히 누운 그는 멍하게 정면을 본다. 너머에 공노식 씨가 보고 있다는 것을 아는 것처럼. 공노식 씨는 마치 그와 마주하고 있는 것 같았다. 사내는 불뚝하게 나온 배에 한 손을 올리고 다른 손은 이따금씩 배를 긁어댔다. 양손에는 염주인지 묵주인지 모를 알 팔찌를 끼고 있다. 사내는 일체형 PC가 자신을 찍고 있는 것을 인지하지 못하는 듯했다.

무슨 소리가 들린 모양인지 배부른 판다처럼 느긋하던 사내가 갑자기 상체를 일으키고 자세를 바로 했다. 사내는 등을 구부리고 웅크렸다. 두 손으로 귀를 막았다. 그런 자세로 등과 엉덩이를 마구 흔들어댔다.

지켜보던 공노식 씨 눈이 가늘어졌다.

싫은 잔소리를 듣거나 기분 나쁜 소음을 듣고 있는 것일까? 아니면 발작하는 중?

그가 이윽고 몸을 일으켰다.

싫어하는 것이 끝난 듯 얼굴이 환해졌다. 아니나 다를까 사내는 이번에는 정반대의 행동을 했다. 양쪽 팔꿈치를 자신의 옆구리에 꾹꾹 찌르며 리듬을 타기 시작했다.

'갑자기 방에 음악이라도 틀었나?'

공노식 씨가 보는 영상은 전부 소리가 제거되어 있었다. 그래서 영상 속의 말소리나 생활 소음이 전혀 들리지 않는다.

사내의 동작은 마치 통통 아저씨 춤을 추는 것 같았지만 춤은 아니다. 아이들이 기분이 좋으면 몸을 흔들거나 반동을 하는 것과 비슷한 움직임이다.

사내의 행동을 보자 공노식 씨는 아들을 떠올렸다. 공노식 씨의 아들 찬우 역시 돌이 막 지났을 때 기분이 좋으면 저런 행동을 했었다. 오래된 일이지만 공노식 씨는 기억한다. 찬우가 처음으로 일어나 앉았을 때를. 앉아 있던 아들이 불쑥 일어나 첫걸음마를 했을 때를. 공노식 씨와 아내는 내년 초에 새 식구를 맞을 참이었다. 그래서 아직은 아이의 행동을 유추할 때 늘 은아와 찬우의 어린 시절을 떠올릴 수밖에 없다.

귀를 막고 웅크려 고통스러워하다가 갑자기 자신의 옆구리를 팔꿈치로 반동하며 흔드는지 찌르는지 모를 행동을 반복하는 영상 속 사내. 정상으로 보이지 않는다.

사내가 갑자기 시선을 카메라가 비추지 않은 그 방의 왼쪽 영역으로 옮겼다.

필시,

그곳에 누군가가 있는 게 틀림없었다.

사내는 한참 동안 그곳을 응시했다.

곧, 그쪽에서 젊은 여성이 화면 안으로 들어왔다.

희고 긴 원피스를 입은 여자였다. 사내 고개가 여성의 움직임을 따라 돌아왔다. 여자는 화면을 등지고 사내 앞에 섰다. 여성이 입은 흰 원피스는 너무도 길어서 발이 보이지 않는다. 마치 이브닝드레스 같다. 잠옷 같기도 하다. 여자는 내려다보고 있고 사내는 올려다보고 있다.

공노식 씨는 등지고 선 여성의 얼굴이 보이지 않았지만, 여성을 올려다보는 사내의 얼굴에서 어떤 기대감이 있음을 감지했다.

긴 머리의 여자는 허리춤을 움켜잡고 치마를 슬금슬금 끌어 올렸다. 허벅지가 드러났고 여자는 그 자리에서 수직으로 사내 위에 올라타듯 앉았다. 여자가 치마를 놓자 여자와 사내의 하체가 치마 안으로 덮였다.

여자가 사내를 밀어 눕혔다.

'뭐, 뭐지?'

사내의 허옇고 굵은 두 다리가 일자로 늘어져 있다. 사내 배 위에 올라탄 여자는 천천히 허리를 움직여댔다. 잠옷

속에 가려진 몸이 사내의 중심부와 함께 규칙적으로 흔들거린다.

공노식 씨는 침을 꿀꺽 삼켰다.

여자는 얼굴을 볼 수 없다.

사내는 희열을 느껴가고 있다.

여자의 등을 가린 긴 머리와 두 사람의 허리가 반대로 찰랑거린다.

그런데!

긴 머리 때문에 가려지다가 보이는 여자의 등에서 붉은 것이 배어 나오고 있었다. 그것은 점점 원을 그리며 퍼지기 시작했다.

'이런.'

갑자기 영상이 끊기고 미디어 플레이어 프로그램에 광고가 떴다.

공노식 씨는 부랴부랴 미디어 플레이어의 러닝타임을 확인했다.

48분 25초짜리 영상은 그것이 끝이었다.

거실로 나갔다.

어두웠다.

공노식 씨는 불을 켜지 않고 식탁으로 갔다. 긴장한 그는 쟁반 위에 엎어놓은 컵을 세우고, 정수기 물을 내려 마셨다. 식탁은 깨끗하게 치워져 있었다. 호박죽과 팥죽을 담은 락앤락 통도 보이지 않는다. 공노식 씨는 마른 입을 적신 후 컵을 내려놓았다.

발코니를 없애고 확장 공사를 한 거실은 텅 비었다. 4인용 소파와 응접탁자, 맞은편 85인치 TV에는 어둠이 마치 제 색인 양 배어 있었다. 드리워진 커튼 너머 이중 발코니 유리를 통해 앞 동의 총총한 불빛들이 커튼에 투영된다.

안방을 보았다.

방문 틈 사이로 빛줄기가 그어져 있다. 아내는 이 시간, 저 방에서 무얼 하고 있을까. 공노식 씨는 안방 문 손잡이를 잡았다. 눈 하나만 드러날 틈을 만들었다. 아내는 12각 구족반을 앞에 두고 등을 돌린 채 앉아 있었다.

저 일인용 상은 성북동의 80년 된 한옥을 철거할 때 공노식 씨가 직접 집주인과 협상해서 사 온 느티나무 통으로 짠 우복상이었다. 공노식 씨는 과거 한옥이나 구시가지가 헐릴 때 일일이 찾아가 오래된 것들을 사 왔다. 그렇게 평생 모은 것들은 하나하나 값나가는 물건들이었다. 학교를 떠나던 해, 공노식 씨는 그것들을 전부 학교 민속실로 보내버렸다.

우복상이란 소반의 다리가 학다리처럼 생긴 호족반을 말한다. 12각 천판의 밑을 파내 운각을 끼워 넣어 만들어 귀하다. 그는 이 우복상만은 연구실에 두지 않고 집에 가져와 두고두고 사용했는데, 혼자 치즈나 아몬드를 두고 와인을 홀짝이기에 딱 좋았기 때문이다. 아들은 이 상에 끊인 라면을 놓고 자주 먹었다. 이제는 아내 것이 되었다.

아내는 우복상 위에 스프링 노트를 놓아두고 성경책을 필사하고 있었다. 지금 쓰고 있는 것과 똑같은 베이지색 스프링 노트들은 방 한쪽에 마흔 권 넘게 쌓여 있다.

공노식 씨는 한쪽 눈썹을 못마땅한 듯 찌푸렸다. 함께 지내면서 말 한마디도 건네지 않다니. 그녀와 대화를 나누지 못한 지도 벌써 8개월이 지났다.

기침을 내보려다가 관두었다.

돌아보지 않을 것이다. 아내는. 낮에 은아가 죽을 두고 갔는데 맛보았느냐고 물어보고 싶었지만 참았다. 알아서 챙겨 먹었으리라. 귀에 건 안경다리로 늘어진 오색 끈이 아내의 둥근 등과 함께 흔들거린다. 재작년 그와 아내가 백화점에서 안경을 맞추면서 같이 고른 끈이다.

빠지며 문을 닫았다.

방 앞에서 아내를 숨긴 문을 노려보며 한동안 서 있었다. 그는 이마를 쓸며 돌아섰다. 공노식 씨는 컴컴한 거실 소파에 잠시 앉아 있었다. 눈은 외로움에 사무치듯 어두운 공기를 하나하나 살펴보는 듯했다. 그는 이쪽 방을 보았다. 은아가 결혼하기 전에 쓰던 그 방은 지금 온 집 안의 잡동사니를 몰아넣고 잠가놓았다. 그 방은 들어갈 수 없다. 시선이 그 옆방으로 옮아갔다.

찬우 방.

공노식 씨는 입술을 잘게 씹었다.

아내의 안방과 은아 방은 외로워서 훑었다면, 저 방은 그래서 보는 게 아니다. 공노식 씨는 저 방의 검고 어두운 문틈이 미웠다. 목에서 치오르는 알 수 없는 압력을 억지로 삼켰다. 눈을 한 번 감았고 간신히 떴다. 소파에서 일어났다. 자신이 머무는 작업 방으로 가려다 오기가 생겼다. 몸을 돌려 아들 방 손잡이를 움켜잡았다.

손잡이는 은아의 방과 달리 쉬 돌아간다.

불을 켰다.

책상 위에 아내가 놓아둔 성경책이 보인다. 성경책 너머, 세워놓은 영정사진을 공노식 씨는 두 손으로 감싸 잡왔다. 아들은 파란색 점퍼를 입고 웃고 있었다. 대학교 3학년 때 친구들과 지리산에서 찍은 사진. 찬우는 제 엄마를 닮아 입술 아래 두 개의 보조개가 있다. 반쯤 열린 입술에 흰 치아를 슬쩍 드러내며 은은하게 웃는 그 모습을 공노식 씨는 사랑했다. 마치 어떤 말이 떠올라 말하려다가 생각을 달리하고 입을 반쯤 벌린 채 웃는 그 모습은 공노식 씨가 가장 좋아하는 아들의 얼굴이었다. 공노식 씨는 아들의 영정사진을 얼마간 바라보다가 제자리에 놓았다. 성경책도 액자 앞에 단정히 두었다. 불교 신자였던 아내는 아들이 죽은 후 이쪽 신을 믿었다. 공노식 씨는 그 신을 아직 믿지 않지만, 아내가 새로이 믿는 신의 말이 적힌 책이 아들 앞에 있으면 아들에게 조금이라도 거룩한 안위를 줄 수 있을 거라 믿었다.

피하려 했지만 액자가 자꾸 눈에 들어왔다. 더는 바라보지 못해 책상을 손바닥으로 쓸었다. 입관할 때 아들의 이마를 쓸 듯이 그렇게 갔던 손을 되돌려 두어 번, 서너 번 쓸었다.

부모는 자식 얼굴을 이렇게 쓴다.

부모라면 누구나 배우지 않아도 안다. 자식 얼굴을 쓰는 방법을. 공노식 씨는 책상 바닥이 아들의 이마라도 되는 듯 손으로 수십 번 쓸었다.

뒤돌았다.

침대는 아들 키보다 더 작아진 듯 보였다. 단정히 놓인 베개. 노란색 여름용 이불. 아들이 감고 자던 바나나 쿠션. 전부 아들의 체취가 묻어 있던 것들.

틈이 벌어진 옷장 옆에 놓아둔 휴식용 안락의자 옆에는 보조 책상이 있다. 거기에는 아들이 쓰던 스마트폰 충전 선, 구글 시계, 줄 선 듯 늘어선 원서들이 있다. 애플 에어팟 맥스, 게임회사 마크가 그려진 스테인리스 텀블러, 스위스 여행에서 사 온 주먹만 한 카우벨, 꽂지 않고 눕혀놓은 브람스 평전. 아들이 모아둔 잡동사니들. 아들은 아침까지도 이 방에 있었던 것 같다.

공노식 씨는 눈이 아파져와서 두 손으로 마른세수를 했다. 으하- 저도 모르게 숨을 몰아쉬었다. 아들 방에서 얼마쯤 서성이다가 전등 스위치를 내리고, 문을 닫고 나왔다.

딸각.

아들 방 손잡이를 차마 놓지 못하고 어둠 속에서 움직이지 않았다.

돌아서서 다시 방문을 열면 안방의 아내처럼 그 아이도 저 안에 있었으면 좋겠다고 생각했다.

다시 방문을 열면,

아이가,

침대에서 일어나면서 아빠 왜요? 라고 눈을 동그랗게 뜨고 바라보았으면.

쪼그리고 앉았다.

한참 동안 2년 전 잃어버린 아들을 생각했다.

얼마쯤 시간이 흐른 뒤 그는 스마트폰을 꺼내 딸에게 전화를 걸었다.

―아빠?

"네 엄마는 나와 도무지 대화할 생각이 없나보다."

그는 흐느꼈다.

그의 심경을 들어줄 사람은 딸, 은아뿐이었다.

영상을 전부 확인할 수 없었지만, 참참이 들여다보았다. 그간 공노식 씨의 마우스 움직임은 능숙해졌다. 마우스 포인터를 건너고 건너 찍으면서 러닝타임 바를 적당히 옮기고, 매트리스가 깔린 방을 살펴나갔다.

해서는 안 될 짓임을 알고 있다.

첫 영상에서 어떤 여자가 나타나 사내와 섹스를 했다.

공노식 씨는 그 장면이 각인되었다. 고백하건대 애욕적 감정은 추호도 없다. 이 나이쯤 되면 남의 성교가 그리 흥미롭지 않다. 다만 저 방에서 일어나는 일들이 평범하지 않다고 확신했다.

'사육당하는 건 아닐까?'

정의감이나 의협심까지는 아니지만 '여차하면 신고를 해야 할지도 몰라'라고 생각했다. 확실히 그 방의 젊은 사내는 온전한 정신을 지니지 못한 듯 보인다.

파일들은 대부분 텅 빈 방을 비추었다.

간간이 사내가 나타났고 누워 있다가 화면 밖으로 나가곤 했다. 이 방은 사내가 지내는 공간이 분명해 보인다. 어느 파일에는 매트리스에 누워 종일 자는 사내가 찍혀 있다. 사내는 여러 종류의 옷을 갈아입었는데, 그것은 누가 옷을 세탁해준다는 뜻이다.

다른 파일을 클릭했다.

이번 파일은 열자마자 한 여인과 젊은 사내가 보였다. 공노식 씨는 화면에 들어온 여인이 누군지 즉시 알았다. 아파트 앞 동네 마트에서 종종 보았던 여인이었다. 50대 후반으로 보이는 그녀는 이 아파트 주민이다. 아마도 아내는 알지도 모른다. 동네 마트나 아파트 주차장에서 만나면 눈인

사라도 했을지도.

젊은 사내는 길고 흰 천을 목 아래로 두르고 있었다.

천으로 몸을 가리고 목만 내놓은 사내의 얼굴은 그간 보았던 것보다 훨씬 앳되어 보인다. 여인은 가위로 사내의 머리를 자르고 있었다.

두 사람은 서로를 본다.

여인이 빗과 가위를 내려놓고 손을 올려, 눈을 감고 앉아 있는 사내 이마를 쓸고 사내 머리를 단정하게 쓸었다. 사내는 고분고분 얼굴을 내준다. 여인이 사내 코 아래를 손으로 닦았다.

'아들일까?'

공노식 씨는 과거 아내가 찬우에게 저런 모습을 자주 보인 것을 안다. 많은 엄마가 아들 얼굴을 쓸고, 매만지고, 코 밑을 닦고, 피부에 묻은 먼지를 떼어준다. 많은 엄마가 외출하는 아들의 열린 옷깃을 접어주고 어깨를 털고 등을 쭉쭉 내린다. 많은 엄마가 아들 손을 잡고 손등을 비빈다.

공노식 씨는 고개를 끄덕였다. 여인의 손놀림을 보니 갑자기 흐뭇해졌다. 여인이 젊은 사내를 마음으로 위하는 게 느껴졌다.

공노식 씨는 러닝타임 바를 옮겨 화면을 빠르게 진행했

다. 사내는 어느덧 목에 두른 천을 벗었고 여인이 빗자루로 매트리스에 듬성듬성 흩어진 머리카락 뭉치를 쓸기 시작했다. 다음 장면에서 공노식 씨는 눈이 휘둥그레지고 말았다. 사내가 여인의 엉덩이를 만지려 했다. 여인이 귀찮다는 듯 몸을 비틀었지만, 손을 매섭게 뿌리치진 않았다. 사내가 여인에게 올라탔다. 여인은 사내의 어깨를 밀었지만, 완력으로 사내를 이길 수 없었다. 사내가 여인의 치마를 뒤집으려 하자 여인이 다리를 오므리며 다급하게 일어나 앉았다.

둘은 뭔가를 대화했다.

여인이 쓰레받기에 머리카락들을 전부 쓸어 담고는 화면 밖으로 나갔다가 곧 화면 안으로 들어왔다.

여인은 사내의 사각팬티를 벗겼다.

사내는 두 다리를 뻗고 팬티가 내려가는 것을 멀거니 지켜본다. 여인은 털이 수북한 사내의 허벅지와 사타구니를 쓸며 뭔가를 살핀다. 여인은 젊은 사내의 살을 쓸고, 피부 딱지를 살피고, 작은 부스러기 따위를 뜯어냈다. 마치 원숭이가 털 고르기하는 모습 같다. 여인은 화면 밖으로 손을 뻗더니 물휴지를 집어 들었다. 뽑아 든 휴지를 이쪽 손에 쥐고, 여인은 다른 손을 바쁘게 움직인다. 여인이 역시 모니터 카메라로부터 등을 보이고 있었기에 공노식 씨는 여인의 얼굴을 자세히 보지 못했다. 젊은 사내와 여인은 같은 곳을 보고 있었고 여인은 어깨와 팔을 부지런히 움직였다. 결국 사내가 턱을 올렸고, 여인이 행동을 멈추었다.

공노식 씨는 일체형 PC에 눈을 고정한 채 손을 더듬었다. 놓아둔 머그잔을 집었다. 반쯤 고여 있는 식은 커피 액을 바짝 마른 기도로 넘겼다. 여인의 행동은 심히 거북했지만, 한편으로 애욕이 보이지 않았다. 여인이 휴지를 몇 장 뽑아냈고, 바쁘게 사내의 사타구니 주변을 훔쳤다. 그러는 동안 사내는 턱을 이리저리 돌리며 저번에 보았던 그 행동, 기분이 좋아진 듯 웃으며 양 팔꿈치를 자신의 옆구리에 춤추듯 찔러댔다. 짤랑짤랑 짤랑짤랑 으쓱, 으쓱. 동요에 맞추어 율동하듯. 찬우가 원하던 장난감 선물을 받았을 때 짓던 표정으로. 여인은 휴지 뭉치들을 주섬주섬 줍고는 화면 밖으로 사라졌다. 화면에 혼자 남은 사내가 불안한 표정을 지었고 여인이 사라진 방향으로 기어갔다. 이후 화면은 내내 매트리스만 비추었다.

다음 날, 공노식 씨는 일어나자마자 작업대에 앉아 일체형 PC의 전원을 넣고 어제 본 파일의 다음 다른 파일을 클릭했다. 여인이 흔들거리는 사내 손목에 염주인지 묵주인지 모를 팔찌를 하나씩 끼우는 중이다. 공노식 씨는 이번에도 사내가 흥겨워하고 있음을 알았다. 여인은 사내 바지를 벗기고 바지를 들고 화면 밖으로 사라졌다.

사내는 매트리스에 혼자 앉아 있었다. 가끔 시선은 왼쪽, 화면 밖의 어디를 보았다. 촬영되지 않았지만, 방의 나머지 공간, 촬영되지 않은 지점에 여인이 여전히 머무르고 있는 모양이었다.

공노식 씨는 화면 상단의 시간 프레임을 살폈다. 영상이 시작된 지 15분쯤 지나고 있었다.

사내가 스스로 매트리스에 누웠다.

왼쪽에서 누군가가 화면 안으로 들어왔다.

젊은 여자였다.

미니스커트를 입었다.

머리 스타일은 1980년대에 유행하던 사자머리 스타일이다. 꼭 팝가수 티나 터너와 많이 닮았다. 등을 돌리고 서 있어 얼굴은 보이지 않았지만 저번에 본, 긴 잠옷의 여자는 아니다.

여자는 일체형 PC가 촬영하는 줄도 모른 채 누운 사내를 내려다보며 서 있었다. 저번에 본 희고 긴 잠옷을 입은 여자처럼 이 여자도 다발은 치마 아래 퉁퉁한 허벅지를 쪼그리더니 사내 몸에 올라탔다.

공노식 씨는 그만 보자 싶어 영상을 중지했다.

예순넷의 공노식 씨는 이제 영상을 보지 않겠다고 다짐했다. 혈기 왕성한 젊은 친구가 그럴 수도 있지. 젊은 사람들이니까 애인을 집에 데리고 오기도 하고, 부모님 몰래 방에서 즐길 수도 있고. 그런 일들이 반려견을 위해 설치한 영상에 찍힐 수도 있다. 이렇기에 전자제품을 함부로 밖에 버리지 말아야 하고, 버릴 때는 확실하게 공장 초기화를 해야 하는 것이지. 암.

예순넷의 공노식 씨는 며칠간 자신의 불순한 행위를 교훈으로 치환시키려고 했다. 그래야 부끄럽지 않으니까. 자율성 없던 문교부 시절의 교육을 받은 공노식 씨의 사고는 지극히 고루하고 징계적이었다.

공노식 씨는 일주일째 파일 영상들을 클릭하지 않았다.

그사이 아내는 혼자 밥을 챙겨 먹고 말없이 안방으로 들어갔다. 공노식 씨 역시 혼자 밥을 챙겨 먹고 작업 방으로 들어왔다. 자주 은아에게서 전화가 왔다. 은아는 왜 병원에 가시 않느냐고 성화를 부렸다. 둘 사이 분위기가 다소 가벼워지면 은아는 산부인과에 갔던 일들을 말하거나, 냉장고에 무엇무엇이 있는지 물었다. 주말에 사위가 오겠다는 것을 공노식 씨는 만류했다. 모이면 얼굴을 붉히는 일들이 일어날 게 뻔했다. 토요일에 고물을 수거하는 사람의 전화가 왔다. 거친 목소리의 남자가 다짜고짜 물었다. 가지고 계신 스피커들 말인데요, 몇 조가 있죠? 꽤 많다고 들었는데, 물건들을 언제 가지러 가면 될까요? 큰딸이 시킨 것이 분명했다. 공노식 씨는 올 필요 없다고 단번에 거절하고, 곧장 은아에게 전화를 걸었다. 다시는 업자가 전화 오게 하지 마라. 너는 내 물건을 치우라 치우지 마라, 지시하지 말아라. 너는 너희 집 일이나 신경 써라. 앞으로 나도 네 엄마 이야기를 너한테 하지 않으마. 그러니 병원에 가라 마라 잔소리도 그만해라. 공노식 씨는 딸의 대답을 듣지 않고 전화를 끊은 후 사위에게 전화를 걸었다. 조 서방, 자꾸 집에 뭘 보내지 말고, 은아한테 음식 들여보내지도 말게. 알겠나. 그리고 내년 봄에 애가 태어나면 그때 연락하게.

공노식 씨는 스마트폰을 소파에 던지고 현관 비밀번호를 바꿔버렸다. 아내는 공노식 씨가 폰에 대고 딸에게 소리지르는 것을 소파에 앉아 듣고만 있었다. 아내는 텔레비전을 끄지도 않고 일어나 안방으로 들어가버렸다.

공노식 씨는 정수기에서 얼음을 받아 물에 섞어 벌컥벌컥 마신 후 작업 방으로 들어가 책상 앞에 앉았다.

결심을 버린 듯한 표정으로 일체형 PC를 켰다.

사내가 혼자 매트리스에 누워 있었다.

양쪽 팔에는 예의 그 팔찌를 착용하고 있었다.

곧 화면 밖에서 여성이 나타났다. 이번엔 머리가 갈색의 외국인 여성이었다. 외국인 여성은 사내의 하반신에 머리를 대고 할 일을 했다.

공노식 씨는 화난 손으로 다른 영상 파일을 딸각딸각 클릭했다. 이번에는 60대 노인이다. 젊은 사내는 일전에 제 머리를 깎아주고 자위를 해주던 여인보다 더 늙은 여성과 그 짓을 했다. 또 다른 파일을 클릭했다. 남자가 사내 가슴 언저리를 애무하고 있다. 슬릭백 언더 커트 머리 스타일, 요즘 젊은 친구들이 바버샵에서 하는 포마드 커트 머리 스타일을 한 몸이 호리호리한 남자였다. 어깨와 옆구리에는 꽃을 그린 문신이 가득하다. 엉덩이를 들고 무릎을 꿇은 남자의 늙은 성기가 오이만큼 길쭉하게 늘어져 있다. 남자는 그간 영상에 출현한 그 어떤 여성보다 더 활기차고 능숙하게 사내의 몸을 만졌다. 전부 일체형 PC의 렌즈 앞에서 등을 돌리고 있어서 얼굴은 보이지 않았다.

'잘도 하는구먼. 잘도 해. 어찌 매번 상대를 저리 바꾸고. 흥.'

공노식 씨는 점점 뻐딱해졌고 오랜만에 단전에서 혈기를 느꼈다. 그 젊은 사내놈이 게이는 물론이고 노인과도 섹스하는 모습을 보니 오기가 생겼다.

'뭐라고 이렇게 살았나. 허, 참.'

방을 둘러보니 온갖 스피커와 앰프와 노트북과 전자제품들이 쌓여 있었다. 은아 말대로 쓰레기들이다. 저런 것들을 조립하면서 시간을 흘려보냈다니.

공노식 씨는 사람들이 왜 포르노를 보는지 이해가 갔다. 요즘 사람들은 흔하게 접한다고 대학원생들이 말했다. 자신이 젊었을 때는 그런 걸 구하기가 힘들었다. 미군 부대 근처 헌책방이나, 마음먹고 청계천 시장에 가야만 했다.

공노식 씨는 바지를 내렸다. 허연 음모 사이에 숨은 성기를 건드려보았다. 곧 어찌할 방도가 없다는 것을 깨달았다.

공노식 씨는 체념하고 의자에 등을 기댔다.

그때 영상 속 게이의 배가 보였다.

헛!

판판한 남자 배에는 상흔이 길게 벌어져 있었다. 마치 상어의 아가미처럼 벌어진 그곳은 매끈하고 길었으며 틈에는 검은 피가 고여 있다.

영상은 거기서 멈췄다.

'내가 뭘 본 거지?'

바지를 올려 입고 바르게 앉았다.

되돌려 보았다.

다시 봐도 젊은 사내와 상대하는 게이로 보이는 남자의 매끈하고 날씬한 복부에 누가 칼로 그은 듯 피가 고여 있다.

다른 폴더를 열고 그 안에 든 영상 파일 중 하나를 열었다.

영상이 시작된다.

젊은 사내가 귀를 막고 웅크리고 있다.

역시 나체. 양팔에는 어김없이 팔찌를 차고 있다. 공노식 씨는 확신했다. 저 안에는 지금 시끄러운 소리가 나고 있음을. 그렇게 웅크리고 버티던 사내는 고통스러운 시간이 끝났는지 한참 만에 귀를 막은 손을 내렸다. 매트리스에서 무릎을 감싸 안은 채 화면 저쪽을 본다. 이번에도 누군가가 나타났다. 공노식 씨는 화면 안으로 들어온 존재를 보고 입을 떡 벌렸다.

아이다.

열 살도 채 되지 않은 여자아이.

아이는 파란색 수영복을 입고 있다.

'이, 이 빌어먹을 자식!'

공노식 씨는 도저히 믿을 수 없어 고개를 절레절레 흔들었다.

어린애와 그 짓을 하려고 한다, 저놈이. 이런 미친놈을 봤나. 아무리 그래도 그렇지, 저렇게 어린아이를!

공노식 씨는 방금까지 느꼈던 분노와 정욕과 열패감이 머릿속에서 싹 사라졌다. 이전에 본 게이나 나이 든 여성과의 행위도 마뜩잖았지만, 이것과는 차원이 다르다. 공노식 씨는 상기되어 있었다. 은아가 집에 들어오지 못하도록 바꾼 새 비밀번호도 기억이 나지 않을 만큼.

사내는 아이를 반기려는 듯 두 팔을 벌렸다. 아이는 사내 앞에 서서 쪼그리고 앉았다. 사내와 여자아이는 마주 보고 있다. 수영복을 입은 아이 역시 당돌해 보였다. 아이는 제 앞에 있는 사내 손을 맞잡고 고개를 갸웃갸웃, 장난치듯 이리저리 본다. 유혹하려는 듯하다.

'어린 것이 저런 걸 또 언제 알아서.'

공노식 씨는 더는 영상을 보지 않기로 하고 마우스에 손을 댔다. 당장 이 PC를 경찰서에 가지고 갈 참이었다.

그때였다.

젊은 사내와 수영복 여자아이가 놀라는 기운으로 저쪽을 돌아본다. 누군가가 화면 안으로 들어왔다. 나타난 사람은 수녀 복장을 하고 있었다.

수녀 복장의 그 여성은 다짜고짜 둘 사이를 헤집고 서더니 수영복 아이의 가느다란 팔을 움켜잡고 아이를 일으켰다. 수녀는 아이를 저쪽으로 끌고 가려고 마구 당겼고 아이는 따라가지 않으려는 듯 버텼다.

공노식 씨는 그제야 아이 얼굴을 볼 수 있었는데, 저도 모르게 맙소사, 라고 외마디 소리를 지르며 벌떡 일어났다가 다리에 힘이 풀려 의자에 도로 풀썩 앉고 말았다.

아이 얼굴이 풍선처럼 흉측하게 부풀어 있었다. 아이의 눈과 코와 입술은 형체를 알아볼 수 없을 만큼 주변의 피부에 잠식되어 있다. 피부가 물에 오랫동안 불어 허옇게 뜬 것처럼 보인다. 그리고 빼끔하게 뚫린 그 조그만 코에서 피가 흐르고 있었다.

저 아이는 얼굴이 왜 저 모양이며, 저 수녀는 또 누구란 말인가.

수녀에게 팔을 잡힌 아이가 고통스러운 듯 입을 벌렸다. 잿빛 수녀복에 걸린 십자가 목걸이가 출렁거렸다. 수녀는 기어이 수영복 입은 아이를 화면 밖으로 끌고 갔다. 사내는 얼굴을 한 손에 묻고 웅크린 채 다른 손으로 귀를 막고 있다.

곧 화면에 수녀가 다시 나타났다.

수녀는 공노식 씨가 보는 화면 가까이 다가오더니 화면 테두리를 잡고 마구 흔들었다. 내내 촬영하고 있는 일체형 PC를 끄려는 듯했다.

영상이 혼란스럽게 흔들린다.

수녀가 무언가에 충격을 받고 화면에서 순식간에 사라졌다.

그 바람에 일체형 PC에 탑재된 렌즈가 그 방을 이리저리 비추었다. 각도가 바뀌더니 그간 비추지 않았던 방의 나머지 공간이 드러났다.

작은 병풍이 세워져 있다. 병풍 앞에 작은 소반이 놓여 있다. 아내가 성경책을 필사하고, 죽은 아들이 라면을 끓여 먹던 우복상과 비슷한 상이다. 상 위에 굵은 양초 한 개, 크고 넓은 검은색 징과 징채, 수영복 아이의 것으로 보이는 사진 한 장이 놓여 있다.

기겁할 것은,

수녀에게 끌려 화면 밖으로 나갔던 수영복을 입은 여자아이가 병풍 너머 천장 모서리에 거미처럼 붙어 있는 것이 아닌가. 독한 얼굴을 하고선.

바닥에는 아이를 끌고 화면을 나갔던 수녀가 기절해 누워 있었다. 상 앞에는 일전에 사내 머리를 잘라주던 여인이 바쁘게 손바닥을 비비며 정신없이 무언가를 중얼거리고 있었다. 중얼거리기를 끝낸 여인이 징채를 잡고 징을 치기 시작했다. 여인은 필사적이었다.

벽에 거미처럼 붙어 있던 아이가 몸을 튕겨 기도하는 여인에게 달려들었다. 아이 힘은 막강해 보였다. 아이는 여인의 머리를 불되게 찍어누른 후 목을 졸랐다. 상이 엎어졌고, 징이 떨어졌다. 수녀가 일어나 아이를 여인에게서 떼어내려 했다. 아이는 물어뜯던 여인을 버리고 메뚜기처럼 뛰어오르더니 서너 걸음쯤 떨어진, 매트리스 위에서 귀를 막고 웅크리고 있는 나체의 사내에게로 붙었다. 수녀가 그쪽으로 기어가서 엎어졌다. 셋은 서로 엉킨 채 서로를 밀어내고 달라붙고 뜯어냈다. 그 와중에 사내는 구푸린 채 떨고 있기만 했다.

수영복 입은 여자아이가 바닥에 등을 비비며 떨어지더니 일체형 PC가 있는 쪽을 본다. 턱을 빼뚜름하게 젖히고 아이가 공노식 씨를 노려본다. 영상을 보던 공노식 씨는 의자를 뒤로 젖혔다. 아이가 달려온다. 우물처럼 깊게 팬 벌린 입술에서 검은색 혀가 괴팍하게 드러났다. 짓무르고 부푼 살에 파묻혀 심해어같이 떼꾼하던 눈동자가 점처럼 뚜렷해졌다. 아이가 제 얼굴을 화면 가득 들이댔다. 소리는 나지 않았지만 캬아악, 같은 괴성이 들리는 듯했다. 아이 얼굴은 풍풍 불어 있지만, 아이 손은 여름 밭작물처럼 바짝 말라 있었다.

PC가 넘어지며 화면이 천장을 비췄다.

일체형 PC에서 연기가 나는 모양인지 천장을 비추는 화면에 허연 것이 피어오른다. 그 화면에 서 있는 수녀와 수영복 입은 여자아이가 높다랗게 보인다. 아이가 수녀에게 달려드는 것을 끝으로 영상은 끊겼다.

공노식 씨는 바닥에 주저앉아 있었다. 의자가 제멋대로 돌아가다가 멈췄다.

스마트폰이 울렸다. 벌떡 일어나 귀에 댔다.

"아빠."

은아였다.

"……어, 어."

"목소리가 왜 그래요? 괜찮으세요, 아빠? 제가 지금 갈게요."

티포트에서 붉은 국화를 덜어내는 수녀의 손등은 몹시 앳되어 보인다. 공노식 씨는 수녀의 나이가 스무 살 중반쯤 되겠다고 생각했다. 희고 말간 이마에는 그날의 상처가 옅게 남아 있다.

동진 하이셀 파크 상가 B동의 2층 맨 끝 프랜차이즈 커피전문점의 전면 통유리를 통해 가을빛이 가득 들어오고 있었다. 내려다보이는 도로에는 차들이 천천히 움직이고, 그 선을 따라 플라타너스가 줄지은 인도에도 사람들이 적당히 오간다. 가을이 오면서 공기는 그 어느 때보다 선명해졌다.

사흘 전, 공노식 씨는 영상 속 수녀를 찾기로 했다. 영상에 보이는 인물 중 온전해 보이는 인물은 수녀뿐이라고 생각했고 그래서 만나야겠다고 다짐했다. 화면을 정지시키시고 영상을 캡처한 이미지에서 수녀 얼굴만 잘라내 프린트했다.

이틀을 기다렸다가 재활용 쓰레기를 버리는 날이 되자 108동 앞 화단으로 갔다. 종이상자와 공병들을 쌓아놓은 지상 주차장에서 경비원은 예의 무뚝뚝한 표정으로 스티로폼 상자를 끈으로 묶고 있었다. 공노식 씨는 사진을 내밀었다.

경비원은 허리를 세우고 일어났다. 더는 사진에 눈을 두지 않고 공노식 씨를 보며 말했다.

"수요일 네 시면 집에 옵니다."

"매주요?"

"한 달에 두 번. 지난 8일에 다녀갔습니다."

늘 그랬지만 경비원은 이 사람을 왜 찾느냐, 무슨 일 때문에 그러느냐, 집은 알아서 뭐 하려고 그러느냐, 따위의 질문은 하지 않는다. 경비원은 공노식 씨를 몇 분 동안 바라보다가 이렇게 말했다.

"걱정을 많이 하지요. 제 부모를. 선생님 따님만큼이나."

그 말을 듣자 공노식 씨 한쪽 눈썹이 치켜올라갔다.

경비원은 목장갑 낀 손으로 102동을 가리키며 "호수는 직접 알아보슈"라고 말하고 쌓은 스티로폼들을 끈으로 한데 묶는 작업을 계속했다.

한 달에 두 번 격주로 수요일마다 온다는 수녀가 8일에 한 번 다녀갔다면 오늘이 두 번째로 오는 날이었다. 공노식 씨는 세 시부터 102동 앞에서 기다렸다.

네 시가 되자 가방을 어깨에 걸치고 화면에서 본 것과 같은 잿빛 코튼 소재의 수녀복을 입은 여성이 놀이터 앞을 지나갔다.

키가 컸다.

수녀를 막아선 공노식 씨는 정중히 인사하며 대학교 때 지니고 다니던 인문대 학장 명함과 네이버에 실린 자신의 인물 정보가 보이는 스마트폰 화면을 보여주었다. 그런 것들이 사람을 판단하는 잣대가 될 수 없음을 알지만 당장은 자신을 믿게 해야만 했다.

"이야기를 청하고 싶습니다."

수녀는 의심하듯 바라보았고, 공노식 씨가 "당신이 버린 PC를 제가 가지고 있습니다"라고 말하자 표정이 복잡하게 바뀌었다.

천장이 높은 커피숍에는 요요마가 연주하는 프레더릭 델리우스의 〈첼로와 피아노를 위한 소나타〉가 흘러나왔다. 너른 실내에는 창가에 앉은 두 사람 외, 다른 손님은 없었다.

차가 놓이고도 두 사람은 한동안 볕을 느끼며 앉아 있었다. 공노식 씨는 절대로 말을 먼저 내뱉지 않고 기다렸다. 입구에서 한 무리 여성들이 들어오자 이윽고 수녀가 입을 열었다.

"그건 제 남동생이에요. 저희 어머니고요."

공노식 씨는 짐작했다는 듯 고개를 끄덕였다.

"다 보셨다니 아실 거예요. 남동생은 지적 장애 2급이에요."

고개를 끄덕였다.

"사춘기가 지나면서 어머니는 동생의 성욕을 감당할 수 없을 지경이 되었어요. 동생에게 어머니는 더는 돌봐주는 대상이 아니게 된 거죠. 동생이 어머니 몸을 사용하지 못하도록 해야만 했어요."

고개를 끄덕였다.

"더 말해요?"

수녀가 쏘아붙이듯 본다.

공노식 씨는 그저 커피잔만 바라보았다.

"……그 방법을 제안한 것이 저였어요."

그 방법이라니?

"그것들은…… 인간이 아니에요."

공노식 씨의 한쪽 눈썹이 올라갔다.

"어처구니가 없으실 테지만 사실인걸요. 그것들은 죽은 사람들이에요."

"죽은 사람? 귀신 말인가요?"

"네."

"귀신이라……"

"귀신이고, 영상은 어머니가 죽은 사람을 불러내는 장

면이었어요. 병풍을 치고 한 그 행위는 자상법刺傷法의 일종이에요."

수녀는 동생이 죽은 사람들을 통해 성욕을 풀 수 있도록 어머니에게 제안했다고 한다. 수녀는 100년 전 함경도에서 가톨릭 선교사들이 기록한 시잔술屍殘術을 성당 보관소에서 찾았다고 말한다. 자상법은 인간의 형상을 두고 주술을 거는 전통 무법巫法의 종류라고 했다.

"사극에서 종종 보잖아요. 왕비가 짚으로 형상을 만들고 침으로 마구 찌르면 당사자가 그 부분에 고통을 느끼는 장면이요. 그게 자상법이에요. 사진을 놓고 주술을 외워 사진 속 인물을 불러내는 것도 맥락이 같죠. 자상법을 이용한 거죠."

그러니까.

"귀신을 불러내서 아들과 성교하게 하고, 어머니는 옆에서 주술법을 시행하고 있었다?"

"정확해요."

수녀는 차를 한 모금 마신 후 찻잔을 딸각 소리 나게 내려놓고는 공노식 씨를 뚫어지게 바라보았다. 수녀는 죽은 이의 사진을 두고 징을 치며 주문을 외면 사진 속 인물이 출현한다고 했다.

"주문도 있나보군요."

"찾아냈어요."

"어디서요?"

"개운산에 있는 혜심 교정 성당 자료실에서."

너무 당차게 말해서 그는 수녀의 기를 살짝 죽이는 것이 좋겠다고 생각했다.

"성직에 계신 분이 성욕을 해결할 대상으로 귀신을 삼았단 말입니까?"

"제 동생 같은 사람들은 성욕을 어디서 어떻게 해소하나요?"

공노식 씨는 더는 물을 수 없었다.

"수녀님."

"말씀하세요."

"세상에는 귀신들이 많습니까?"

"많더라고요."

공노식 씨는 속으로 이런, 신음을 되뇌었다.

"우리 집에 불려 나온 귀신들은 전부 저 빛 너머로 가지 못한 것들이에요."

"빛 너머?"

"저 빛 너머로 순탄하게 넘어간 영혼들은 불러낼 수 없겠죠. 그들은 하느님 나라로 온전하게 간 영혼들은 아니란 거죠. 자상법으로 유혹할 수 있는 것들은 빛 너머로 가지 못하고 이승에 남은, 한이 강한 것들이에요."

"음."

"그들은 전부 살해된 사람들이에요. 아니면 지박령들, 사고사당해 자신이 죽은 줄 모르는 유령들이거나."

비로소 영상 속 게이의 배에 난 상처가, 흰 잠옷을 입은 여성의 등에 번지는 붉은 게 무엇인지 이해가 되었다. 그 외 나타난 귀신들도 저마다의 상처가 있거나 몸이 망가져 있었을 터였다.

"빛 너머로, 온전히 가지 못하고 세상에 남아 있는 귀신들을 불러내는 주문이 있었어요."

"……빛 너머라. 좋은 말이군요."

수녀는 공노식 씨의 감상을 치워버리려는 듯 빠르게 말했다.

"어머니는 매일 동생의 성욕과 싸워야 해요. 성매매는 법으로 금지되어 있고, 어머니는 하루하루 나약해지는데 동생은 갈수록 날뛰어요. 센터에는 암암리에 동생 같은 사람들이 성욕을 풀 수 있도록 보조가들이 있어요. 그러나 그들의 봉사도 한계가 있어요. 그들도 동생 같은 사람들과 폐쇄

된 공간에 둘만 있으면 위험할 수 있고. 봉사료라도 받으면 그 또한 성매매와 구분할 수 없죠."

"동생이 위험하다고 여기는군요. 수녀님은."

"내 동생은 위험하지 않아요. 다만 타인들은 그렇게 생각하죠."

"약물 치료를 할 생각은 하지 않았나요?"

"선생님은."

수녀가 입술을 지그시 씹었다.

"……선생님의 건강한 자녀에게 그런 약물을 주입하고 싶으시나요?"

건강한 자녀라.

"……그래도 어머니가 너무 힘드……"

그 말까지만 하고 입을 닫았다.

약물 치료라는 말은 하지 말았어야 한다고 공노식 씨는 후회했다.

자식을 위해 무법을 이용하는 어머니와 성직자 누나.

인간성 앞에서 그 어떤 제도와 관례와 종교도 아무런 소용이 없음을 공노식 씨는 깨달았다.

"네. 계속하기에는 너무 위험했어요. 그들은 온전한 것들이 아니거든요. 사람이 죽어 남는 혼魂과 백魄 중 백만 남은 상태가 바로 그들이에요. 백은 인간이 살았을 때의 본능과 한과 육을 관장하는 기운이죠. 그것들은 음을 담당하고 음으로 둘러싸인 것들이에요. 산 자와 육체관계를 맺다보면 곧 산 자의 육신을 탐내죠. 그래서 동생과 한 번 만나게 하면 두 번 다시 불러내지 않아야 해요. 어머니는 어디선가 죽은 이의 사진들을 구해 왔고, 그들을 불러내 동생의 성욕을 풀게 했지만 점점 힘들었어요."

반복해서 불러내다보면, 귀신들이 해를 입힌다는 뜻 같았다. 시간이 갈수록 동생이 말라가는 것을 느낀 누나는 모친에게 이제 그만하자고 했지만, 그녀의 어머니는 그러지 않았다고 했다.

"교활한 짓들을 했어요. 한번은 불려 나온 것이 돌아간 척하고 냉장고에 숨어 있었어요."

"네, 냉장고에?"

"먹을 것이 많은 곳에. 형태를 바꾸어서."

공노식 씨는 이해할 수 없다는 표정을 지었다.

"냉동실에 죽은 그 여자의 머리가 숨어 있었으니 얼마나 놀랐겠어요."

"냉동된 채?"

수녀는 고개를 끄덕였다.

"냉동된 음식처럼 가장하고 비닐 속에 머리만 들어 있더군요."

"맙소사."

"그 아이는 수영장에서 익사한 아이인데……"

"그만."

공노식 씨는 손을 내밀어 그녀 말을 끊었다. 어린아이를 불러낸 일은 듣고 싶지 않았다.

"이제 이해가 갑니다. 전부요. 하나 수녀님. 그건 죽은 이에게 몹쓸 짓을 하는 겁니다."

공노식 씨가 말했다.

"그건 사람에 따라 생각이 다를 수 있지요. 남의 신발을 신어보지 않았으면 함부로 판단하지 마세요. 그리고 선생님."

수녀가 노려보았다.

"……점잖은 척하지 마세요."

"미안합니다."

수녀는 그러고도 한참을 공노식 씨를 노려보았다.

아.

"저기, 이런 정보를 아시는지. 집 안에 전자기기를 많이 두면 귀신이 설치지 못한다고. 전자파가 그런 역할을 한다는데 아마도 파장이 달라서가 아닐까 싶기도 하고…… 앞으로 그런 방식을 이용해보는 것도 좋겠군요."

수녀는 고개를 저었다.

"그럴 일 없습니다. 이제는."

더는 이승에 미련을 가지는 귀신을 불러낼 수 없다고 생각했고, 그래서 동생을 요양원으로 보냈다고 말했다. 일체형 PC 또한 더는 동생을 감시할 필요가 없기에 버렸다고 한다. 그날 그 난리로 고장이 심하게 났다는 것. 지금 수녀의 어머니는 이모와 함께 아파트에 머문다고 했다.

공노식 씨는 식은 커피를 머금고 유리창 밖을 바라보았다. 늦가을 바람이 나뭇잎들을 우수수 털어내고 있었다. 길 건너 간판 없는 가게 앞에 줄 선 사람들이 보인다. SNS에서 유명하다는 오마카세 집이다. 주인이 일본으로 밀항했다가 거기서 배운 어선 요리를 한다는 집이다. 전부 타지에서 소문을 듣고 온 사람들이다. 아파트 사람들은 저 음식점 가까이 살면서도 한 번도 가지 못한다. 세상이 가까우면서 멀어진다. 구조화되고 세분되면서 사람들은 이제 맛의 향과 본질을 넘어 배경까지 놓치지 않고 즐기고 있다. 공노식 씨가 조립하는 스피커들도 그렇다. 인간의 귀가 들을 수 없는 미세한 파장까지 구분하고 너 좋은 아날로그 칩셋과 증폭 앰프를 찾는 사람들이 늘어간다.

한때 가르치던 《파우스트》의 구절이 떠올랐다.

수심은 끊임없이 새로운 가면을 쓰고 집과 농장, 아내와 자식의 모습으로 불과 물, 비수와 독약의 모습을 나타내리라.

"……금지된 관계군요."

수녀가 고개를 들어 못 들었다는 표정을 지었다.

공노식 씨가 커피잔을 내려놓으며 말했다.

"금지된 관계가 맞겠죠. 인간과 인간이 아닌 것이 성행위를 했으니까."

수녀는 고개 돌려 유리 밖을 본다.

공노식 씨는 점퍼 안주머니에서 정사각형 크기의 손바닥만 한 하드디스크를 꺼내 탁자에 놓았다. 일체형 PC에서 분리한 것이다.

"직접 파쇄하세요."

일어날 시간이었다.

수녀는 옆 의자에 놓아둔 가방을 들고 자리에서 일어났다. 일어서려던 공노식 씨에게 갑자기 어떤 생각이 스치며 지나갔다.

"자, 잠깐만요."

수녀가 돌아보았다.

"수녀님, 이상한 게 하나 있어요."

수녀는 공노식 씨 쪽으로 완전하게 돌아섰다.

"귀신은 백이라고 했죠? 혼이나 백은 물리物理가 없어요. 만질 수도 없는데 그들이 어떻게 동생과 섹스를 한 겁니까?"

그 질문에 공노식 씨를 바라보는 수녀의 이마에 작은 주름이 팼다.

은아와 공노식 씨가 현관으로 들어왔다.

은아는 장 본 것들을 식탁에 올려놓고 물컵에 정수기 물을 따랐다. 자신의 가방에서 약봉지를 꺼냈고, 낮이라고 쓰인 작은 봉투에 든 크기가 다른 알약 다섯 개를 공노식 씨 손바닥 위에 털었다.

공노식 씨는 큰딸이 주는 약을 받아 삼키고 유리컵을 받았다.

"병원에 가길 잘했죠?"

"그래."

"내가 잘될 거라고 그랬죠? 의사가 아빠, 두 달 동안 안 오신 걸 두고 뭐라 그럴 줄 알았는데, 오히려 잘되었다고 하니 얼마나 다행이던지. 내성 때문에 휴약 기간으로 생각하자고 하니."

공노식 씨는 꿀꺽이며 물을 삼켰다.

은아는 거실 너머 열린 문으로 공노식 씨의 텅 빈 작업방을 보았다.

"저렇게 처분하니까 얼마나 개운하고 깔끔해요."

"그래."

"근데 노인네가 갑자기 마음을 왜 바꾸셨대? 소 죽인 귀신처럼 끄떡도 안 하시더니."

"곧 손녀도 태어나는데 저런 먼지 풀풀 나는 물건들을 집에 켜켜이 쌓아두고 있어서야 되겠니."

"잘 생각하셨어요. 방에 귀신처럼 쌓여 있던 스피커랑 전자제품들도 싹 치우니 얼마나 좋아요. 아까 차에서 약속하셨죠? 이제 버린 물건들 주워 오지 않기로. 오케이?"

공노식 씨는 유리컵을 내려놓고 손등으로 입을 닦았다.

은아가 팔을 걷었다.

"뭐 하려고?"

"닭도리탕 만들어놓고 갈게요."

"됐다. 방금 점심 먹고 들어왔잖니."

"시간 걸려요. 저녁에 드시면 되지."

큰딸은 싱크대에 물을 틀고 생닭을 씻기 위해 플라스틱 소쿠리를 꺼냈다. 공노식 씨는 딸의 어깨를 살포시 잡고 딸을 돌렸다. 배부른 딸이 걷은 팔을 내민 채 싱크대에서 떨어졌다. 어머, 어머 왜 이러세요? 가라. 너희 집에. 아빠아. 가, 그만. 좀 쉬련다. 저것만 해놓구요. 공노식 씨는 딸을 현관으로 내밀었다. 딸은 그럼 저녁에 죽을 쒀서 오겠다며 떠밀리듯 집을 나갔다.

안방에서 아내가 쓰던 12각 우복상을 꺼내 거실에 내려놓으려 할 때 가슴 주머니에 넣어둔 스마트폰이 울렸다.

은아였다.

―아빠. 까먹고 말을 못 했네. 아까 장 본 것들 냉장고에 바로 넣으셔야 해요. 우삼겹이랑 동태는 냉동실에 넣고요.

공노식 씨는 듣기만 했다.

저편에서 들리는 딸의 목소리에는 감격스러운 투가 여전히 남아 있다.

―병원에 가줘서 정말 고마워요. 자꾸 돌아가신 엄마가

집에서 보인다고 하시고. 올 때마다 엄마에게 인사하라고 하고, 엄마 밥도 차리라고 하고. 그땐 저, 사실 얼마나 무서웠는지 아세요? 지훈 씨도 자꾸 아빠를 병원에 입원시키자고 하고. 엄마 돌아가신 지가 8개월이나 지났는데…… 의사도 섬망 증상이 심하다며 일주일에 두 번 처방받으러 오라고 했는데 아빠는 무시하셨잖아요. 아빠. 이제 약 꾸준히 드시면 엄마는 안 보일 거예요. 그리고……

더는 듣지 않고 전화를 끊었다.

스마트폰을 식탁에 내려놓는 공노식 씨의 손목에는 영상 속 젊은 사내가 차고 있던 팔찌가 채워져 있었다.

"팔찌?"

수녀가 고개를 끄덕였다.

"영상 속 동생의 팔찌는 수녀님이 제공한 거군요."

"네."

"그러니까 팔찌를 차고 있어야만 물리력을 가진 귀신이 나타난다는 말이군요."

"네."

"특별한 팔찌겠네요."

"축성받은 그냥 일반 묵주예요."

"귀신으로부터 몸을 보호하는 장치는 축성받은 묵주라야 하는 모양이죠?"

"뭐든 상관없어요. 신의 가호가 담긴 것이라면."

공노식 씨는 눈이 가늘어졌다.

"필요하세요? 팔찌와 징만 있으면 되는데."

'이 팔찌만 있으면 귀신이 물리를 지닌다는 거지.'

우복상에는 양초와 징을 올려놓았다. 그토록 사랑하는 아내는 2년 전 교통사고로 죽은 아들을 잊지 못해 8개월 전 스스로 목숨을 끊었다. 아들은 나타나지 않았지만, 아내는 매일 거실에 나타났다. 그것은 아들을 잃은 아내가 빛 너머로 가지 못했다는 뜻이었다. 아내는 아직 이 집에 머무는 것 같았다.

공노식 씨는 수녀에게서 얻은 수첩을 펼쳤다. 거기에는 열 줄가량의 주문이 적혀 있었다.

이제 전사파는 필요 없다.

아내를 피해서 작업 방에 갇혀 있을 이유도 없다. 이 팔찌를 차고 주문을 외우면 아내를 만질 수 있다. 대화도 가능할 것이다. 공노식 씨는 아내를 만나면 제일 먼저 아내 얼굴을 쓰다듬겠다고 생각했다. 그리운 아내와 손을 잡고 죽은 아들을 추모할 수 있다면.

페르 귄트, 〈솔베이의 노래〉

 프레더릭 델리우스, 〈첼로와 피아노를 위한 소나타〉

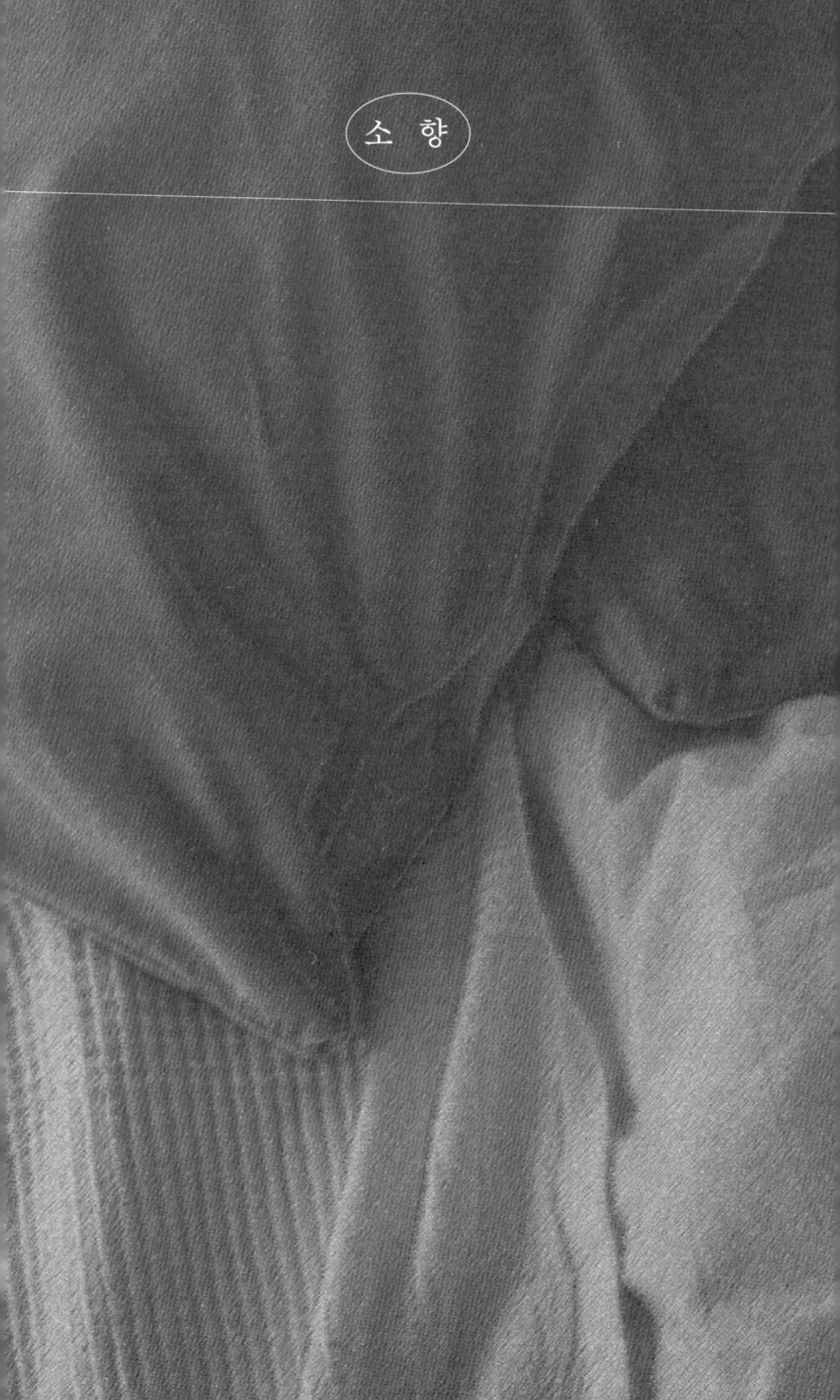

소 향

포틀랜드 오피스텔

너를 어떻게 만나게 되었느냐고 내 앞의 남자가 묻는다. 나는 고개를 들어 그를 바라보았다. 비난, 연민, 안타까움 그리고 약간의 이해. 그의 얼굴에 설핏 깃들었다 사라진 것들이다. 이미 모든 것을 다 알면서도 묻는 뻔한 의도에 나는 기꺼이 응하기로 했다. 얼마든지, 언제까지나.

너를 처음 만난 그 순간을 어찌 잊을 수 있을까. 그리고 우리가 함께했던 그곳 포틀랜드를. 예정된 3년의 미국 체류 기간 중 반년 남짓 남은 어느 여름날, 아내는 너와 너의 아이를 집에 초대했다. 한두 달 전부터 아내는 너의 이야기를 자주 했다. 뉴베리 아너 선정 도서 작가가 이끄는 동화 창작 서머 캠프에서 어떤 한국 여자를 만났다는 게 시작이었다. 큰 기관도 아니고 지역 센터에서 특강처럼 여는 걸 어떻게 알고 왔을까, 하여간 한국 맘들 교육열은 알아줘야 한다니까, 건이 여기 있다가 영어 말고는 다 뒤처지는 거 아닌가 몰라, 그 집 애는 한국에서 뭐 뭐 했는지 물어봐야겠어, 라고 은근한 불안을 내비치면서도 참 괜찮은 사람이라며 노래 부르듯 너를 칭찬했다. 초등학교 3학년인 아들의 동갑 친구가 생긴 것도 아내에겐 무척 기쁜 일인 듯했다. 나를 닮아 남과 선뜻 어울리지 못하는 아이에 대한 걱정이 컸던 터였다. 초대에 앞서 아내는 건이의 사회성을 키워줄 기회이니 너와 너의 아이가 와도 불편한 티를 내지 말라고 신신당부했다. 알았다고는 했으나 솔직히 마뜩잖았다. 전날 잠을 제대로 자지 못해 신경이 예민해진 데다 낯선 이를 굳이 집까지 들여야 하는지 의문이었다.

내 집에 들어선 너를 아내는 환한 미소로 맞아주었다. 너는 고개를 살짝 숙이며 초면에 실례가 많다고 내게 인사했다. 그러나 우리는 초면이 아니었다.

아내는 굳은 내 표정에 민망해하면서 건이 아빠가 낯을 가리고 무뚝뚝하지만, 싫으면 오라고도 하지 않을 사람이라며 분위기를 수습하려 노력했다.

아내의 말은 틀리지 않았다. 그러나 특유의 낯가림 때문이 아니었다. 나는 수많은 행인 중 하나였던 너를 기억했다. 다운타운 곳곳에서 몇 번 본 적 있던 네가 내 앞에 서 있었다. 그러니 너를 보고 아무 말도 할 수 없었던 건 당연한 일이었다. 그때 나는 제멋대로 뛰는 가슴을 주체하기 어려워 무례하게도 고개를 홱 돌려버리고 말았다. 왜 아니겠는가. 사람의 얼굴을 잘 기억하지 못하는 내가 문득 생각나곤 했던 이름 모를 너를 내 집에서 마주할 줄은 꿈에도 몰랐으니까.

아이 엄마 같지 않다는 내 말에 아내는 입을 연 내가 반가웠는지 아니면 흔한 인사치레로 여겼던지 정말 어려 보이지 않냐면서 너의 외모를 칭찬했다. 실로 너는 그만한 아이를 키우는 엄마처럼은 보이지 않았다. 비단 외모 때문만은 아니었다. 너와 아이는 뭔가 콕 집어 말할 수 없는 분위기를 풍겼다. 너희 둘이 소곤거리는 걸 보고 있노라면 어쩐지 눈앞에 서글픈 영화의 한 장면을 잘라 온 듯했다.

내 눈길이 자꾸만 너를 쫓았다. 이미 너를 바라보고 있는 나 자신에 움찔하기도 했다. 그린 듯 갸름하고 고운 얼굴선, 조금은 처연하나 그렇다고 유약해 보이지도 않는 눈매, 크림처럼 희고 매끈한 목덜미, 단조로운 무채색 원피스를 입었음에도 빛나는 너는 단박에 눈길을 사로잡을 만했다. 그러나 난지 너의 아름다움에 끌린 것만은 아니었다. 네가 어딘가 나를 닮았다는 생각이 들었으나 그게 무언지 그때는 도통 알 수 없었다.

너에 대한 내 첫 기억은 세상에서 가장 큰 서점, Powell's City of Books에서 시작된다. 새 책은 물론 중고 책, 희귀 서적들을 팔며 아홉 개의 색으로 구분된 방과 3,500개 이상의 섹션에 100만 권이 넘는 책을 보유한 곳이다. 인구 65만인 그다지 크지 않은 도시의 한 서점에 100만 권이라니. 왠지 자주 가야만 할 것 같은 숫자가 아닌가.

서점 벽에 걸린 포스터를 보던 네 옆모습을 기억한다. 포틀랜드 아트 뮤지엄에서 열리는 조지아 오키프 전시회 포스터를 너는 한참이나 바라보고 있었다. 황량하고 광활한 사막 위의 구름 낀 하늘에 원근감을 무시한 채 떠 있는 긴 뿔이 달린 말라죽은 동물의 해골, 그리고 그에 어울리지 않는 화사한 꽃이 그려진 신비로운 그림에 너는 무척이나 매혹된 듯했다. 또박또박 기억한다. 그림 아래에는 'Georgia O'Keeffe. Ram's Head and White Hollyrock Hill, 1935'라고 적혀 있었다. 숫양의 머리와 화이트 홀리록 언덕. 나는 네 옆에 서서 처음 봤을 땐 도무지 종잡을 수 없던 제목의 포스터를 함께 바라보았다. 우습게도 나는 만약 네가 나를 돌아본다면 화가에 대해 아느냐고 물을 준비를 하고 있었다. 그러나 너는 옅은 한숨을 내뱉고 자리를 떴다.

 그 뒤에 스타벅스에서 한 번, 작은 공원에서 또 한 번 너를 마주쳤다. 마치 원래부터 벤치와 함께 만들어진 조각상인 듯 너는 정면에 시선을 고정한 채 오가는 사람과 새와 구름이 너의 프레임 속으로 들어왔다 사라지는 모습을 가만히 응시하고 있었다. 혼자만의 시간이 오랜만이라는 듯, 이국의 공기로 옛사람을 씻어내려는 것처럼.

 그 모습이 나를 닮았다 느낀 건지도 모르겠다. 제 자리가 어디인지 몰라 늘 세상을 부유하는 기분이었는데, 그래서인지 편히 잠든 날이 드문데, 어쩌면 네 옆에 잠시 앉아도 괜찮겠다는 생각을 그때 잠깐 했다.

 살면서 잊히지 않는 낯선 이를 만날 확률 그리고 그 사람을 내 집에서 다시 만날 확률은 얼마나 될까. 너는 예측 가능한 내 삶의 얼마 되지 않는 우연이었다.

 법무팀 변리사인 내가 루이스 앤 클라크 대학 로스쿨에 다니게 된 것은 예정된 수순에 가까웠다. 회사의 지원을 받으며 미국 변호사 자격 취득을 위한 학업에만 매진할 수 있는 3년을 모두 부러워했다. 하지만 잠들지 못한 채 침잠하는 새벽에는 무언가에 떠밀리는 듯한 알 수 없는 기분에 숨이 막히곤 했다.

    3남매 중 내게 가장 기대가 컸던 어머니는 내심 의대 진학을 바랐다. 지방 소도시에서 홀로 어렵게 우리를 키운 어머니의 기대에 흔들리기도 했으나 나는 내가 원하는 공대에 진학했다. 난생처음 어머니의 뜻을 거스른 때였다. 입학 후엔 과외와 학업을 병행하며 젊음을 누릴 새도 없이 정신없이 살았고 비교적 이른 나이에 변리사 시험에 합격했다. 그러나 가난의 고리를 끊어준 것은 어렵게 딴 자격증이 아니라 장인의 재력이었다.

    다운타운에서 멀지 않은 고급 주택가의 평화로운 고층 아파트 단지. 우리 가족이 머문 집도 그곳에 있었다. 낮에는 커다란 유리창이 태양 빛을 반사하고 밤에는 환한 조명으로 눈길을 끄는 그곳의 렌트비는 회사 지원금을 가뿐히 넘어섰다. 그러나 아내는 퍽 마음에 들어하며 엄마가 돈 부족하면 얘기하랬어, 라는 참으로 쉬운 말과 함께 망설임 없이 계약했다. 멀리 마운트 후드의 눈 덮인 봉우리, 자연과 조화된 활기찬 도시의 낮과 밤, 강 위의 빛나는 다리들을 감상할 수 있는 곳을 마다할 이유가 내게도 딱히 없었다.

    너는 아내의 뒤를 따라 우아하게 내 집을 둘러보기 시작했다. 너의 발걸음이 멈춘 곳은 거실 창가였다. 해 질 무렵 황금빛으로 유유히 흐르는 윌래밋 강과 노을빛이 스며드는 빌딩과 언덕을 너는 홀린 듯 바라보았다. 네 곁으로 다가가 경치가 마음에 드냐고 물었다. 너는 무척이나 마음에 든다고, 이런 집에서 살면 아무 걱정이 없을 것만 같다고 읊조리듯 말했다. 그러나 나는 과연 진짜 내 집은 어디일까 생각했다. 세상 어디에도 온전한 내 집은 없는 것만 같았던 시절이 꽤 길었으니까.

다 함께 식사하며 나는 너에 대해 조금씩 알게 되었다. 대부분 아내의 입에서 나온 것들이었다.

"시현이 싱글 맘인데 참 대단하지? 연우가 영어를 좋아해서 서머 캠프 보내려고 돈을 모았대. 회사에 오래 휴가 낼 수 없으니까 아예 이직하면서 석 달 동안 시간도 냈고. 글쎄 내가 왜 하필 포틀랜드로 왔냐니까 시현이가 뭐랬는 줄 알아? 미국에서 차 없이 생활할 수 있는 몇 안 되는 도시에 세일즈 텍스가 없어서라는 거야. 여기가 다른 데보다 대중교통이 잘되어 있긴 하지만, 차가 없으니 여행도 거의 못 했더라고. 미국까지 와서 그러면 되겠어? 그래서 내가 우드번 아울렛이나 현지인만 아는 맛집 같은 데 자주 데려갔지. 조만간 주말에 같이 여행도 가기로 했어. 자기도 좋지? 어떻게 한국 사람들이 모르는 지역 캠프에 왔냐니까, 작년에 서부에 잠깐 출장 왔는데 이 근처 공원에 꽂혀 있는 지역 신문을 챙겨 갔다가 전화로 예약했다는 거야. 온라인으로 접수받는 캠프는 현지 아이들보다 해외에서 온 아이들이 더 많은 걸 어떻게 알고. 참 야무지고 추진력 있지 않아? 참, 시현이 친정도 D 시래. 과는 다르지만, 자기 대학 후배고. 어쩜 우리 정말 인연인가봐."

너는 아내에게 많이 챙겨주어 고맙다고 했고, 아내는 이제 몇 달 뒤면 한국으로 돌아가는데 그전에 만났으니 얼마나 다행이냐며 웃었다. 그리고 나는 네가 싱글 맘이라는 것과 남은 캠프도 겹치는 게 꽤 많다는 사실에 기뻐하는 내 모습에 뒤늦게 흠칫했다.

아내가 잠시 자리를 비웠을 때, 이 도시가 어떻냐고 묻자 너는 꿈꾸는 듯한 표정을 지었다.

"도착해서 며칠은 집 정리에 도서관 등록에 버스 노선 알아보고 동네 익히느라 잘 몰랐어요. 연우를 첫 번째 캠프에 데려다주고 처음으로 혼자 도시를 걸었어요. 여름이면 장미의 도시라는 별명이 붙는다죠. 1년 중 여름이 가장 빛난다더니, 무슨 뜻인지 알겠더군요. 이곳의 여름은 시벨리우스의 Op. 76 No. 2 〈에튀드〉를 떠오르게 해요."

평소 음악을 잘 듣지 않는 나는 그저 너를 빤히 바라볼 수밖에 없었다.

"습기 없이 맑고 청명한 날씨에 태양이 빛나는 생기 넘치는 낮도 좋지만 저는 이곳의 아침이 참 좋아요. 곡의 시작 부분은 낮은 음역이 조심스럽게 진행되면서 긴장감을 자아내죠. 아침의 신선하고 서늘한, 그러면서 잔잔한 공기의 흐름을 닮았어요. 비가 내릴 듯 흐릿한 구름이 하늘을 덮고 있지만, 아직 비는 오지 않는 독특한 분위기를요. 중반부의 빠른 패시지는 갑자기 불어오는 차가운 바람이나 비구름 같아요. 〈에튀드〉의 후반부는 오후의 느릿한 평온함을 떠올리게 하고요. 이곳의 겨울은 매일 흐리고 비가 온다죠. 저는 비를 좋아해서 겨울에도 다시 오고 싶어요. 물론 그러지 못하겠지만."

나는 핸드폰을 열어 네가 말한 곡을 찾아 플레이 버튼을 눌렀다. 강렬하고 서정적인 피아노곡은 네가 말한 것과 같았고 오랜만에 마음을 울렸다. 그러나 그 곡은 너무 짧았다. 내가 다시 한번 재생 버튼을 누르며 너에게 이 도시에서 어디를 가보았냐고 물었다.

"차가 없으니 주로 다운타운을 걸었어요. 한참 걷다 다리가 아프면 카페에 앉아 누군가 연주하는 곡을 듣기도 하고, 공원에 멍하니 앉아 사람들을 바라보기도 하고, 세상에서 가장 큰 서점이라는 곳에 가보기도 했어요."

나는 잠시 머뭇거리다 혹시 조지아 오키프 전시회에 가 보았느냐고 물었다. 너는 조금 놀란 듯한 표정으로 대답했다.

"아니요, 아직."

그때 아내가 오지 않았더라면 나는 네게 같이 전시회에 가지 않겠냐고 청할 뻔했다.

며칠 뒤 건이를 캠프장에 데려다준 뒤 학교로 차를 몰았다. 원래 방학에는 학교에 가지 않지만, 귀국에 앞서 공부를 해야 했기에 그 여름에는 자주 학교에 갔다. 그런데 거의 도착했을 즈음, 나는 차를 돌려 미술관으로 향했다. 예정에 없던 일을 충동적으로 하는 건 기억조차 없을 만큼 드문 일인데도, 마치 알 수 없는 힘에 끌리듯 급히 핸들을 꺾었다. 그리고 그곳에서 너를 다시 봤을 때, 운명이라고 생각할 수밖에 없었다. 우연이 반복된다면 그건 운명이라고 말할 수밖에 없지 않은가.

너와 나는 서로를 의식하며 조금 멀찍이 떨어져 미술관을 돌아보았다. 너의 보폭에 맞추어 걸으며 그림을 한 번 보고 너를 보았고, 너를 보고 다시 그림을 보았다. 너는 한 번도 나를 돌아보지 않았으나 어쩐지 네 옆에 바투 선 기분이었다. 우리 사이에 있는 건 은은하게 깔린 음악과 섞였다가 멀어지는 발걸음 소리뿐이었다.

관람을 마치고 우리는 밖으로 나섰다. 나는 네게 다가가 커피가 맛있는 곳을 안다 했고, 너는 나를 따랐다. 혹시 아는 이가 볼까 하는 걱정도 않은 채 우리는 야외에 놓인 테이블에 마주 앉았다. 거리에 가득한 싱그러운 나무 끝에 걸린 하늘이 빙하처럼 푸르렀다. 누군가 연주하는 아코디언 소리가 한낮의 나른한 바람을 타고 다가왔다.

우리는 많은 대화를 나눴다. 그다지 재미있지 않은 내 얘기에 너는 작게 손뼉을 치며 웃었고 모르는 분야의 얘기를 할 때면 호기심 많은 어린아이처럼 눈을 반짝였다.

커피가 입에 맞았는지 네가 한 잔을 더 주문할 때 조지아 오키프에 대해 잘 아느냐고 묻자 너는 많이는 아니고 조금, 이라고 대답했다.

미국을 대표하는 여성 화가 중 한 명인 그는 서부 사막에서 말라죽은 동물의 해골이나 꽃, 뉴멕시코 주의 풍경 등을 주로 그렸다. 사막 풍경화와 동물 두개골 시리즈는 잘 모르는 내가 보기에도 단순한 자연의 묘사가 아닌 죽음과 생명의 순환, 신비로운 무언가를 독특하고도 상징적으로 담아냈다. 자연의 본질을 초월적, 철학적으로 표현한 그의 작품은 시대를 생각하면 무척이나 독보적이고 혁신적이었다.

"오키프는 금지된 사랑을 했죠."

기회가 닿을 때마다 조지아 오키프 전시회에 간다는 내게 네가 한 말이었다.

맞는 말이다. 오키프는 1908년 어느 날 로댕의 전시회에서 미래의 남편이자 미국 사진의 아버지로 불리는 앨프리드 스티글리츠를 처음 만났고, 당시 그는 오키프보다 23세나 많은 유부남이었다. 네게 그들이 1915년부터 30년 넘게 25만 페이지가 넘는 편지를 주고받은 걸 아느냐고 물었다.

"그 정도면 그들의 사랑을 인정해야 한다는 말로 들리네요. 배우자는 상처 받았을 텐데요."

나는 그들이 그랬다는 겁니다, 저는 절대 그럴 일이 없죠, 라고 했고 너는 웃으며 물론 그러시겠죠, 했다. 쓸데없는 말을 했다는 후회가 밀려와 뜨거워진 낯을 슬그머니 화창한 오후의 거리로 돌렸다. 너는 조금 짓궂은 표정으로 말을 이었다.

"생각해보신 적 있어요? 어느 정도면 제도 밖 사랑을 인정해줘야 할까요? 직장이나 재산, 오래 쌓은 평판 등 모든 걸 다 버리면 인정해줘야 할까요?"

온갖 생각이 머릿속으로 침범했다. 내게 이런 질문을

하는 까닭이 무얼까. 나는 잠시 머뭇거리다 시간이라고 대답했다.

몇 년 전 동창 녀석 하나가 직장 동료와 사랑에 빠졌다며 집과 아이까지 모두 아내에게 주고 이혼한 일이 있었다. 승진을 목전에 두고 회사까지 그만두었으면서 1년 만에 둘은 원수처럼 헤어졌다. 무슨 일이 있었는지는 몰라도 그들이 진짜였다면 그렇게 헤어지진 않았을 거라 생각했다. 모든 걸 버리는 건 순간의 욕망과 충동으로도 가능하나 오래 유지하는 건 다른 문제라는 걸 그때 알았다. 며칠 만에도 변하고 돌아서는 게 사람 마음인데 10년 또는 20년을 서로 여전히 원한다면, 짧은 인생에서 그 정도 부피를 차지한다면, 그건 진짜가 아닐까.

"그렇군요."

너의 대답이 끝나기도 전, 나는 자리에서 벌떡 일어섰다. 놀란 눈으로 바라보는 네게 나는 볼일이 있다며 황급히 자리를 떴다. 사실 볼일 따위는 없었다. 너와 더 오래 있고 싶었다. 하지만 그랬다가는 점점 더 자리를 뜨기 힘들어질 터였다. 이럴 때 어찌해야 하는지 알지 못했으므로 도망치는 것으로 위기를 모면했다.

뒤통수에 달라붙는 너의 시선이 느껴졌다. 한참 걷고 나서야 내가 주차장과 반대쪽으로 걷고 있다는 걸 깨달았다.

그날 이후로 며칠이 흘렀다. 내 머릿속에서 네가 차지하는 공간은 늘어만 갔다. 하루는 무심한 척 아내에게 네가 왜 혼자 아이를 키우는지 아느냐 물었다. 아내는 들은 바가 없다며 이혼한 거 보면 연우 아빠가 그저 그런 사람이 아니었겠느냐고 나보다 더 무심하게 대답했다.

나는 아내 대신 건이의 픽업을 자처했다. 그러나 그 주는 아이들이 서로 다른 곳에서 캠프를 한다는 걸 알고 실망할 수밖에 없었다. 다음 주에야 멀찍이서나마 너를 볼 수 있었다. 너는 내가 바라보는 걸 아는지 모르는지 너의 아이, 연우의 손을 꼭 잡고 집으로 향했다.

어느 금요일, 아내는 너와 점심을 먹기로 했다며 나에게 같이 가겠느냐고 물었다. 점심을 먹고 차를 마신 뒤 함께 아이들을 데리러 가기로 했다는 것이었다. 내가 아내의 지인과 동석하는 경우는 거의 없었기에 아내는 별 기대 없이 묻는 듯했다. 나는 짐짓 아무렇지 않은 말투로 점심거리도 마땅찮으니 그러자고 했다.

아내가 모는 차에 올라 네가 렌트한 집 앞으로 갔다. 너는 유럽 여행을 떠난 신혼부부의 집을 빌렸다고 했다. 이 도시와 어울리는 잔꽃 무늬 시폰 원피스를 입고 도로변에 꽃같이 서 있는 네 모습이 보였다. 네가 문을 열고 차에 오르자 내 마음처럼 부푼 바람이 함께 밀려 들어왔다.

강가에 있는 레스토랑 McMenamins 야외 테이블에 자리 잡고 앉아, 마치 지난번 우리 집에서 본 뒤로 처음 본 것처럼 인사했다. 너의 표정은 도무지 읽을 수가 없었다. 포커페이스를 의도한 건지 아닌지조차 가늠이 되지 않았다.

식사 후 커피를 마시며 우리는 이야기를 나누었다. 대부분 아이들에 관한 이야기였고, 주로 아내와 네가 얘기하고 나는 듣는 쪽이었다.

"학생 때도, 결혼 후에도, 지방 출신이라 서러웠는데 여기 한인들 사이에서도 은근히 등급 나뉘는 기분이라니까? 그러다 고향 후배인 자기를 만났으니 얼마나 반가웠게."

너는 그럴 리가 있냐며 아내를 달랬으나 아내는 강하게 부인하며 이런저런 사례를 늘어놓았다.

자기연민은 아내의 고질병이었다. 부족함 없이 자란 사람이 왜 그러는 것인지 도통 이해할 수 없었다. 맞장구쳐주지 않는 내게 종종 섭섭함을 토로해도 나는 선을 딱 긋곤 했다. 현실을 모르고 어린애처럼 투정하는 걸 받아줄 생각이 전혀 없었으니까. 그래서인지 간만에 푸념을 경청해주는 상

포틀랜드 오피스텔

대가 등장한 게 아내는 무척 신난 듯했다.

드디어 화제가 전환되어 이번 주에 아이들이 참여한 OMSI 과학관 캠프와 아이들과 함께 보고 온 애니메이션 영화에 대해 이야기하다 아내가 네게 물었다.

"연우 엄마는 영화 뭐 좋아해?"

느닷없는 물음이었는데도 너는 마치 준비라도 한 것처럼 〈설국열차〉라고 대답했다.

"봉준호 영화? 그 칙칙한 거? 연우 엄마 계급, 불평등, 뭐 그런 거 관심 있나봐?"

너는 〈설국열차〉의 단 한 장면 때문이라고 말했다. 아내는 어떤 장면이냐고 물었고, 나는 엔진룸 전투나 엔딩 장면을 예상했다.

"스쳐 가는 장면이라서 기억 못하실 수도 있어요. 되게 짧은 장면인데, 식물 칸이요."

"식물 칸? 그게 어떤 거였더라?"

보일 듯 말 듯 어딘가 서늘한 미소를 짓고 나서 네가 말했다.

"열차 중간에 푸른 나무가 가득한 안락하고 환한 식물 칸이 나와요. 식물 칸에는 의자에 앉아 한가롭게 뜨개질하는 여자가 있죠. 그 여자는 기차에서 어떤 일이 일어나도 동요하지 않고 뜨개질을 해요. 아마 아이나 남편을 위한 거겠죠."

"그런 장면이 있었나? 난 기억이 잘 안 나. 그 장면이 아름다웠나 봐."

"끔찍했어요."

나와 아내는 동시에 너를 바라보았다. 너는 대답과 대조되게 여전히 미소 지으며 말했다.

"남들이 피범벅이 된 채로 지나가도 여자는 관심도 없죠. 안락한 자세로 뜨개질을 할 뿐이에요. 다른 사람이 죽어 나가든 말든 눈 하나 깜빡하지 않고 오로지 자기 가족밖에 모르는 그 여자가, 그 무관심이 정말이지 볼 때마다 소름 끼쳐요."

우리 셋 사이에 잠시 정적이 흘렀다.

"그런데 그게 나쁜 건 아니잖아? 더 나쁜 짓 하는 사람도 많은데, 자기 가족을 위하는 행위를 그렇게까지 폄하할 필요가 있어? 오히려 숭고하다고 해야지."

아내가 살짝 굳은 표정으로 말했다. 마치 자신이 영화 속 뜨개질 여인이라도 된 듯이.

"때로는 무관심도 죄악이에요. 자기를 둘러싼 좁은 울타리만 평온하면 된다는 그 이기심과 무지는 정말 슬플 정도예요. 저는 종종 그 장면을 다시 봐요. 그러면 바닥에 떨어졌던 삶의 의지도 다시 올라오거든요. 그 여자의 뜨개질 감을 빼앗아 밟아버리고, 뺨을 때리고 싶어서요. 특히 우울할 때는 그만한 특효약이 없어요. 분노를 의지로 바꾸는 데 최고죠."

아내는 불편한 순간을 견디지 못하는 체질이었다. 도발에 가까운 너의 말을 아내는 특유의 친절로 덮으며 자연스럽게 화제를 다른 곳으로 돌렸다. 아내의 특기였다.

아! 그 순간 나는 아내와 너의 극명한 차이를 깨달았다.

나는 아내 외에 다른 여자를 만나본 적이 없다. 나의 20대가 그렇게 한가롭지 못한 까닭이었다.

대학 시절 만난 아내는 해맑고 상냥한 여자였다. 장인은 D 광역시에서 수십 년간 명망 높은 변호사였고 아내는 그의 고명딸로 아낌없는 사랑을 받으며 자랐다. 나는 아내의 태생적인 편안함이 좋았다. 아내와 함께 있으면 내 고단함이 씻겨나가는 듯했고 아내처럼 아무 걱정 없이 살 수 있을 것만 같았다. 자격증 합격만을 바라보고 식물처럼 살던 시절, 아내는 내게 물과 비료 그리고 햇볕이 되어주었다. 내가 공부에만 전념할 수 있게 도왔고, 나는 아내가 베푸는 여러 혜택을 모르는 척 받아들였다. 4학년이 되고 나서는 아예 아내의 아파트로 들어갔다. 방이 세 개나 되는 새 아파트에 학생 혼자 산다는 게, 더구나 전세도 아니고 대학에 들어갈 때 부모님이 사준 집이라는 게, 그렇게 사는 사람들이 이 세상에 있다는 게, 형과 함께 쿰쿰한 반지하 빌라를 견디던 내게는 가히 충격적인 일이었다.

아내는 모든 걸 내게 맞춰주었다. 요리라고는 해본 적도 없는 아내가 차려주는 밥을 얻어먹으며 나는 공부에 집중할 수 있었다. 그렇게 몇 달을 지낸 뒤, 갑자기 연락도 없이 찾아온 아내의 어머니에게 나는 존재를 들키고 말았다. 미래의 장모가 된 아내의 어머니는 얼굴이 붉으락푸르락해졌다가 나의 대학과 하는 공부, 외형을 보고 조금씩 마음을 가라앉히는 듯했다. 애들 아빠랑 애 오빠들과 동문이군요, 라며 안심하는 표정에 나도 가슴을 쓸어내렸다. 그리고 시험 합격 후 얼마 되지 않아 아내와 결혼했다. 아내의 부모님에게 딸이 남자를 집에 들였다는 건 곧 결혼과 등식이었다.

결혼 후 내 삶은 급격히 달라졌다. 성공한 처남들은 대화가 잘 통했으며 나를 존중해주었고 친형제들보다 만날 일이 잦았다. 지방 유지의 삶이 어떤 건지도 알게 되었다. 어쩌면 10대 기업의 총수보다 지방에서 행세하는 집안의 권력과 만족도가 더 높을지 몰랐다. 그들은 자신이 속한 왕국의 영속적인 지배자였다. 돈, 명망 그리고 가풍이라는 건 가족을 하나로 똘똘 뭉치고 서로 아끼게 만드는 끈끈한 접착제였다. 시나브로 본가에 발길이 뜸해졌다. 밥을 한 번 먹어도, 여행을 한 번 가도 결국 처가와 함께였다. 명절에 처가 식구들과 골프 여행을 떠나며 어머니에게 돈 봉투를 드리며 죄송해하면 어머니는 그리 잘해주니 얼마나 고맙냐며, 너만 잘 살면 된다고 했다. 언제나 그러셨듯이.

조금씩 쌓여가던 죄책감은 엉뚱한 데서 폭발했다. 너처럼 팔자 좋은 데릴사위로 살고 싶다는 친구 녀석에게 불같이 화를 내고 연을 끊어버린 것이다. 농담임을 알고 있었는데도.

그렇기에 알 수 있었다. 영화 속 식물 칸 여자에 대한 너의 말은 한가로운 감상평이 아니었다. 네 삶 어딘가에서 도려낸 살점 같은 것이었다. 그래서 안심했다. 너도 나처럼 힘든 시절이 있었단 것에.

그 뒤에도 아내는 너와 아이를 몇 번 더 집에 초대했다. 그날의 어색했던 순간은 마치 나만의 기억인 듯, 아내와 너는 오히려 더 가까워졌다.

아내와 너는 아이들과 함께 후드 리버에 있는 레인보우

트라웃 농장에서 송어 낚시를 해서 구워 먹거나, 사비 섬에 있는 농장에 가서 블루베리와 라즈베리 픽업을 하기도 했다.

어느 토요일, 아내가 돌아오는 토요일에 너와 캐논 비치에 놀러 가기로 했다는 말을 전했다. 혼자 두어 미안하다는 말과 함께 한 시간 30분이면 갈 수 있는 그곳에 네가 가본 적이 없어 가기로 했다고 덧붙였다. 아내가 같이 가자면 그러자고 할 참이었으나 그런 일은 없었다. 차마 내 입으로 같이 가자고 말할 수도 없었다. 그런데 아내가 급히 한국에 들어가게 되었다. 장모님이 갑자기 수술을 받게 된 것이다.

나는 어설픈 도시락을 싸서 건이를 캠프장에 데려다주었다. 그날 저녁, 너에게서 메시지가 왔다. 너의 전화번호를 몰랐기에 처음엔 너의 메시지라는 걸 몰랐다. 연우의 도시락을 싸며 건이 도시락도 함께 쌀 테니 내일은 아이 편에 도시락을 보내지 말라는 내용이었다.

평소의 나라면 거절했을 것이다. 그러나 나는 고맙다고, 그래주면 좋겠다고 답장을 보냈다. 내 번호를 어떻게 알았냐는 질문 같은 건 하지 않았다. 도시락을 핑계로 너에게 보답을 하고 싶었다. 그러면 한 번 더 너를 만날 수 있을 테니까. 그렇게 며칠이 지나고 금요일 저녁, 아내에게 전화가 왔다. 아내는 내일 바다에 못 가게 된 일로 건이가 자꾸 전화를 걸

어와 보챈다며 넷이 다녀오라고 했다. 어떻게 그러냐는 내 말에 아내는 이미 연우 엄마에게도 말했으니 다녀오라 하고는 누군가 부르는 소리에 급히 전화를 끊었다.

나는 곧바로 너에게 메시지를 보냈다. 아내에게 자초지종을 들었다, 몇 시에 데리러 가면 되겠냐는 문자에 너는 한참이나 답이 없었다. 괜한 메시지를 보냈다는 후회에 체온이 오르는 느낌이었다. 너는 계속 답이 없었고, 나는 잠을 이룰 수 없었다.

새벽녘에야 겨우 잠이 들었다가 아침에 도착한 너의 메시지를 보고 날아오르는 듯한 기분이었다. 일찍 잠들어 메시지를 못 봤다고, 연우도 무척이나 고대했던 소풍이니 그래주시면 고맙겠다고.

너의 집 앞으로 가는 동안 몇 번이나 운전석 거울로 내 모습을 점검했다. 마침내 너와 네 아이가 보였고, 네가 조수석에 올랐을 때 온몸의 신경 가닥이 팽팽해지는 기분이었다.

우리는 먼저 틸라무크 치즈 공장으로 향했다. 차창 밖으로 한가롭고 아름다운 전원 풍경이 펼쳐졌고, 라디오에서 나오는 음악도 알맞았다. 건이의 견학으로 이미 몇 번이나 다녀온 그곳이 너와 함께하니 특별한 곳처럼 보였다. 아이들은 커다랗고 노란 치즈 블록이 잘리고 포장되는 걸 보며 소리를 질렀고, 직원들은 웃으며 손을 흔들었다. 우리는 공장에 딸린 상점에서 신선하고 큼직한 아이스크림을 먹으며 웃었다.

오레곤 코스트 하이웨이를 달리는 내내 너는 파란 바다에서 눈을 떼지 못했다. 커튼처럼 드리워진 햇살이 완벽한 날이었다.

나는 네가 바다를 보며 나도 한번 봐주기를 바랐다. 발길 닿는 대로 바닷가에 있는 식당에 들러 늦은 점심을 먹고 캐넌 비치에 도착했다. 나는 자리를 폈고, 너는 준비한 간식을 꺼냈다. 아이들은 지치지도 않고 놀았다.

햇빛 냄새가 담긴 북태평양 연안의 투명하고 상쾌한 공기가 코끝에 닿았다. 깊은숨을 들이켜자 숲과 바다의 향이 고루 섞여 들어왔다.

그리고 그 시간이 왔다. 살아 꿈틀대는 듯한 노을이 지는 순간, 바다에 우뚝 솟은 거대한 바위들 너머로 시시각각 바뀌는 노을과 회색빛 가로누운 구름이 순식간에 다른 세계로 데려가는 듯한 그 순간 말이다. 차갑고 드넓은 태평양의 시작이자 끝인 그곳에 우리가 함께 있었다. 바위는 어느새 검은 윤곽으로만 남았고, 너는 압도적인 광경에 경외감마저 느끼는 듯했다. 커다란 보름달이 코발트 빛 바다 위에 흔들리며 뜰 때까지 그렇게 너와 함께 있고 싶었다.

그리고 나는 어느새 나의 얘기를 하나둘 꺼내고 있었다. 속내를 누군가에게 털어놓은 게 언제가 마지막이었는지 기억조차 나지 않았다. 마치 태초의 한순간인 듯, 나의 과거부터 가족과 일, 야망과 앓고 있는 불면증까지 두서없이 늘어놓았고 너는 가만히 들었다. 너에게는 어떤 말이든 할 수 있을 것만 같았다. 그건 논리로 설명되지 않는 경험이었고, 초월적이고 종교적이기까지 했으며, 난생처음 겪는 일이었다. 이걸 스스로 어떻게 받아들여야 할까. 어느 순간 나는 말을 멈추었다.

점점 어두워지는 바다를 바라보며 알 수 있었다. 더 말하지 않아도 된다는 것을. 같은 시공간에서 너와 나의 삶이 중첩되고 있다는 것을. 그렇게 나는 너를 사랑하게 된 걸, 한 사람에게 완전히 사로잡혔다는 걸 인정할 수밖에 없었다. 전혀 예상치 못한 계획에 없던 사고였다.

돌아오는 차에서 아이들은 말 그대로 곯아떨어졌다. 너는 조수석이 아닌 뒷자리에 앉아 양 무릎에 아이들의 머리를 눕혔다. 너의 집 앞에 도착하고 나는 잠든 두 아이를 안고 업은 채 네가 머무는 집으로 함께 들어갔다.

너의 집은 작지만 아늑했다. 꽃이 그려진 벽지, 커다란 붉은 소파와 곳곳에 걸린 여행지 액자는 너의 것이 아님에도 꼭 네 것인 듯했다. 아이들을 침대에 눕히고 너는 내게 차를 하겠냐고 물었다. 나는 사양하지 않았다.

집이 예쁘다고 하자, 너는 내 집과 비교되지 않는다며 겸연쩍어했다.

잠시 후 비가 내렸다. 들릴 듯 말 듯 내리는 빗소리를 들으며 나는 차를 준비하러 가는 너의 뒷모습을 바라보았다. 멸망 후 마지막 남은 벙커에 너와 나 둘만 있는 것 같단 생각을 하는데 녹은 치즈처럼 눈꺼풀이 내려앉았다.

몇 시간 동안이나 죽음처럼 깊은 잠에 빠졌다는 걸 알았다. 비 내리는 새벽이었다. 그리고 눈앞에 네가 있었다. 너는 소파에 잠든 나를 흔들어 깨우고는 캐넌 비치의 일몰처럼 신비로운 눈동자로 나를 바라보았다. 내 동공 깊숙이 네가 빨려 들어왔다. 나는 곧 상황을 알아채고 일어났다. 너는 내가 곤히 잠들어 깨우지 못하고 그대로 두었다며, 지금 가는 게 좋겠다고 말했다.

그래야죠, 이거 참 실례가 많았습니다, 하면서 나도 모르게 내 앞의 너를 안고 말았다. 은은한 향수 잔향이 섞인 너의 살냄새 때문이었다. 너의 몸이 굳어버린 것을 느꼈지만, 나를 밀어내지는 않았다.

나는 아무 말도 하지 않았다. 아니, 할 수 없었다. 말이라는 한없이 가벼운 것이 이 순간을 망치게 두고 싶지 않다고, 그 순간에도 생각했다. 한참을 그렇게 있다가 나는 땅을 갓 비집고 나온 연한 이파리 같은 너의 입술에 내 입술을 포개었다. 내 손이 얇은 원피스 천 아래로 네 몸의 윤곽을 탐닉하기 시작했다. 조금씩 너의 내밀한 곳에 가까워졌고 나는 그만 정신이 아득해졌다. 내리는 빗소리가 지우개처럼 세상을 지워버린, 모든 것이 정지된 이 순간이 영원히 내 안에 각인될 것임을 예감하면서.

그날 뒤로 너를 볼 수 없었다. 예정보다 일찍 돌아온 아내는 네가 도시락을 두 개 가져왔더라며 무척 고마운 일이라 했다.

얼마 되지 않아 네가 한국으로 돌아갔다는 말을 들었다. 나는 전보다 더 자주 잠에 들지 못했다. 불면의 밤이 찾아올 때마다 너와 함께 있던 그 작은 집의 달콤한 잠을 떠올렸다. 너를 그리워하는 건지 안식을 바라는 건지 스스로 헷갈릴 정도로.

그해 겨울, 우리 가족도 한국으로 돌아왔다. 그리고 반년이 지났다. 자다 일어나 한숨을 내쉬며 가슴께를 어루만

지는 습관이 생겼다. 누군가가 몹시 그리우면 심장에 통증이 인다는 것을 알게 되었다.

죄책감 또한 고통이었다. 건이를 살뜰히 살피는 아내를 볼 때마다, 집 안 구석까지 닿은 손길을 느낄 때마다, 제어할 수 없이 불쑥 솟아오르는 내 마음이 원망스럽지 않은 것은 아니었다.

너에게 여러 번 메시지를 보냈지만, 답이 없었다. 그러던 어느 날, 네게서 전화가 왔다.

"시험 합격했다는 말, 언니에게 들었어요. 축하드려요."

나는 침을 한 번 꿀꺽 삼키고 말했다. 한번 만나야 하지 않겠냐고. 의외로 선선히 수락한 너는 만날 장소와 시간을 알려주었다.

나는 사그라들 기미가 보이지 않는 내 마음을 외워놓은 답안지처럼 고백했다. 마음대로 되지 않은 과거는 떨쳐버리고 함께 미래를 같이해보겠냐고, 고통으로 부러 잊은 과거는 산 것이 아니듯 함께 기억할 미래는 살아 있는 시간이 될 것이니 너와 함께하고 싶다고 말했다. 잠시 잠깐에도 많은 일이 일어나 어지간한 것은 잊거나 넘겨버리는 나이에 이만큼 지속되는 감정이 흔하겠냐고, 세월로 내 마음을 증명해 보이겠다고, 내 모든 것을 다 잃는대도 너를 만나고 싶다고,

기필코 너를 평생 보아야겠다고. 밖으로 나온 말은 머릿속과 달랐을 것이다. 매끄럽지 못하고 두서조차 없었다. 자꾸만 말이 헛나오고 식은땀이 났다. 마침내 네가 숨을 불어내듯 입을 열었다.

"저도 같은 마음이에요. 하지만······"

다른 말은 들리지 않았다. 같은 마음이라는 말이 스위치처럼 내 마음을 밝혔고 끝 간 데 없는 환희로 나를 데려갔다. 그리고 너를 데려다주는 그 밤길에 비가 내렸다. 나는 재킷을 벗어 너를 가려주었다. 이렇게 추억 하나가 또 생겼다고 읊조리면서.

우리는 보금자리를 꾸렸다. 함께 여러 곳을 둘러보고 포틀랜드의 너의 집을 떠올리게 하는 한강 변의 오피스텔을 찾았다. 그곳을 보자마자 알았다. 여기라면, 이곳이라면.

긴 복도 끝에 있는 1209호 앞에 서서 네가 부동산 중개인에게 받은 비밀번호를 눌렀다. 건물의 코너에 있어서인지 남서 양쪽으로 창이 나 늦은 오후의 빛이 공간에 가득 들어찼다. 창을 열자 바람이 불며 커튼이 일렁였다. 저절로 눈이 감겼다. 그날로 돌아간 듯하였기에.

우리는 신혼부부처럼 그곳을 꾸몄다. 있어야 할 것이

모두 제자리를 잡아갔다. 처음으로 온전한 내 집을 마련한 기분이었다. 지칠 때마다 이곳에서 쉴 수 있을 것만 같았다.

한 달에 몇 차례씩 그곳에서 너와 함께 보낼 때, 너의 무릎을 베고 단잠에 들었다. 만나기로 한 날을 기다리며 다른 날도 살아갈 의미가 생겼다. 인생에서 가장 행복한 시절이었다.

몇 달이 흐른 어느 날 아내가 뜬금없이 물었다. 결혼 후 다른 사람을 마음에 품어본 적이 있느냐고. 심장이 쿵 내려앉았다. 왜 묻냐는 내 말에 아내는 아니라고는 안 하네, 라며 말을 이었다.

"수민이 부부가 이혼하게 되었다네. 세상을 어느 정도 안다고 생각하는, 젊지도 늙지도 않은 중년 초입의 사랑이란 참 무모하고도 난감한 것 같아."

그러면서 아내는 결혼 후 찾아온 사랑을 인정받는 데 어떤 것이면 되겠냐 물었다. 예전에 네가 나에게 했던 것과 같은 질문이었다. 나는 짐짓 아무렇지 않은 척 그 피곤하고 귀찮은 걸 극복했으면 인정해줘야지, 했다.

여러 번 아내에게 말하려 했다. 아직 일어나지 않은 일의 다른 가능성을 곱씹는 게 무의미하다는 걸 알면서도, 모는 걸 아내가 알게 된다면 어떻게 될까 수없이 생각해왔다.

나를 아는 모든 이의 안줏거리로 전락하게 될 것이나 얄팍한 재산, 평생 쌓은 커리어를 잃게 될 것은 외려 큰 문제가 되지 않았다. 건이를 잃을지도 모른다는 것, 어머니가 받을 충격과 상처가 생각만 해도 아팠다. 너를 향한 열망과 가족에 대한 미안함이 하루에도 수백 번씩 힘겨운 싸움을 벌였다. 십수 년을 함께한 사람을 배반한다는 건 생각보다 더한 고통이었다.

몇 번이나 아내에게 털어놓으려 했다. 그런데 모든 걸 내 입으로 말할 수 있는 가장 적절한 순간, 내가 뱉은 말이 다시 내 귓속을 파고든 그때, 내 치졸함과 비겁함에 치가 떨렸다.

계속 이렇게 살 수는 없었다. 나는 이혼 얘기를 꺼내려 아내의 이름을 조심스레 불렀다. 그러나 아내는 나중에 얘기하자며 내 말을 막았다. 예의 그 피곤하다는 말투로. 그렇게 나는 또 한 번의 기회를 유예하고 말았다.

그리고 그 밤이 되었다. 포틀랜드의 그 밤과 거의 흡사한 날이었다. 얇고 부드러운, 비를 머금은 대기가 우리를 감쌌다. 만나기로 한 날 이런 날씨라니 마치 축복을 받은 느낌이었다. 너는 장을 봐 온 것들을 식탁 위에 부리며 맛있는 걸 해주겠다고 했다. 나는 소파에 누워 눈을 감고는 네가 연주하듯 만들어내는 소리를 들었다.

편안했다. 난파선에서 함께 구조된 생존자처럼 나는 너에게 달콤한 유대감을 느꼈다. 너와 같은 공간을 공유할 때마다 나는 흐트러졌다. 미술관에서도, 카페에서도, 바다에서도, 너의 집에서도. 자꾸만 평소 하지 않던 행동을 했다. 그건 역으로 내가 너를 만나기 전에는 그럴듯한 삶을 연기하며 살았고, 그러느라 한순간도 쉬지 못했다는 걸 상기시켰다.

식사를 마치고 너는 함께 영화를 보자고 했다. 무슨 영화인지는 중요하지 않아 묻지 않았다. 〈설국열차〉의 첫 장면이 나오는 순간, 이상하게 등줄기에 찌르르 전율이 일었다. 한참 보다보니 예전에 네가 아내와 언쟁을 벌인 식물 칸의 그 장면이 나왔다. 네가 갑자기 낯선 스타카토로 물었다.

"저 여자, 은경 언니 닮지 않았나요?"

고개를 갸웃하는 내게 너는 이렇게 대답했다.

"제가 보기엔 똑같은걸요."

그리고 긴 얘기를 꺼냈다.

고등학교 때 부모를 여의고 너는 친언니와 둘이 세상에 남겨졌다. 언니는 부모 역할을 대신하며 너를 돌봐주었고,

네가 대학을 졸업한 후 결혼한 언니는 뒤늦게 미대에 진학했다. 이제 좋은 날만 올 거라는 말을 꺼내기가 무섭게 불운이 다시 한번 덮쳤다. 너의 형부가 세상을 떠난 것이다. 하지만 너희 자매는 좌절에 오래 머물 수 없었다. 살아내야 했으니까. 그 와중에 너는 언니를 설득해 학업을 마치도록 했다. 집을 합쳐 함께 지내며 언니에게 받은 걸 돌려주었다. 너의 언니는 학업을 마친 후 강사로 경험을 쌓고 경기도 신도시에 유아 대상 미술학원을 개업했다. 너희 자매 둘의 전 재산으로 시작한 학원이 자리를 잡아가자 너의 언니는 대출을 얻어 2호점을 열었다. 그러던 어느 날, 일이 생겼다. 지역 카페에 글이 하나 올라왔다. 오르세 미술학원 원장이 아이에게 폭력을 휘두른다는 글은 엄청난 조회 수를 기록했다. 발달이 느린 남아의 특성을 이해하지 못하고 닦달하며, 머리를 쥐어박거나 무섭게 다그친다는 글이었다. 사진 한 장 없는 사실무근의 글은 생각보다 큰 타격을 가져왔다. 글 자체보다 카페 운영진 중 한 명이었던 내 아내의 행보 때문이었다. 아내는 주변에서 모은 정체불명의 사례를 적은 글을 수차례 올렸고, 학부모들을 선동해 원생들이 퇴원하는 데 앞장섰다. 원생이 뚝 끊기자 빚은 날로 늘었고, 너의 언니는 우울증에 시달리다 스스로 목숨을 끊었다.

너는 그 뒤 오랫동안 아내를 지켜보았다고 했다. 아내가 왜 그렇게까지 했는지 알고 싶었다고 했다. 어느 카페에서 너는 아내가 학부모들과 나누는 이야기를 들었다. 다른 여자들은 용감히 총대를 멘 아내를 칭송했고, 아내는 아이를 위해서라면 무엇이든 할 수 있는 전사로 추켜세워졌다. 누군가 그래도 학원 문을 닫게 된 건 마음이 좋지 않다고 하자, 아내는 해맑게 웃으며 말했다. 그러게 진작 좀 애들한테 잘하지. 그러고는 오늘 저녁은 다들 뭐 할 거냐고 물으며 저녁 차리는 게 너무 힘이 든다고 푸념했다. 너는 아내의 말을 토씨 하나 틀리지 않고 기억한다고 했다. 저녁 찬거리만도 못한 인생이 저주스러웠다고 했다. 처음으로 살의란 걸 느꼈다고도 했다.

네가 보기에 아내에게 가장 소중한 건 오랜 세월 단단히 구축한 가정이라는 성역이었다. 너는 성역의 울타리를 무너뜨리고 침범하기로 했다. 나를 연료로 아내를 불태우겠다는 계획이었다.

너의 아들 연우는 언니가 남긴 조카였고, 너와 내가 만난 건 모두 너의 계획이었으며, 신이 너의 편이라면 내가 널 사랑하게 될 것이고, 그래서 가장 큰 상처를 은경에게 입힐 수 있을 거라 생각했다고 너는 말했다. 그러면 안 되는 거였다. 다른 건 몰라도 이 사랑이 가짜라고 하면 안 되는 것이었다.

"은경 언니가, 언니의 세상이 궁금했어요. 언니가 이해된다면 나도 다 잊고 새로 시작하려고 했어요. 그런데 다 알아내지도 못했는데 어느 날 갑자기 미국으로 떠나더군요. 그래서 포틀랜드까지 따라갔죠. 처음으로 언니네 집에 간 날 세상을 내려다보며 알았어요. 은경 언니의 세상은 투명한 보호막에 들어앉아 있다는 것을요. 언니의 공간에 들어가면 알 수 있을 줄 알았는데 더 헷갈렸어요. 언니가 그렇게 된 건 언니 본인 탓일까요, 아니면 세상 탓일까요? 그렇게 높은 곳에서 아래를 내려다보며 살면 나도 은경 언니처럼 되었을까요? 그래서 이해할 수 있었을까요? 그런데 1209호, 여기서 내려다봐도 저는 여전히 잘 모르겠군요. 이제 곧 은경 언니가 올 거예요. 제가 꼭 보여줄 게 있다고 불렀거든요. 언니는 아무것도 몰라요. 아마 선물로 싱싱한 화분이라도 하나 들고 오겠죠. 그러니까 지금이라도 당신이 여기서 나가면 아무 일도 없던 게 되어요. 어떡하시겠어요?"

온몸의 피가 빠져나가는 듯했다. 네 말이 끝나기도 전 나는 괴성을 지르며 네게 달려들었다. 그리고 내가 사랑했던 너의 흰 목덜미를 힘껏 눌렀다. 그러면 네가 들려준 참담한 일과 그로 인한 내 절망이 으깨지기라도 할 것처럼. 그러나 너는 저항하지 않고 나를 바라보기만 했다. 이내 네 눈에서 눈물이 흘렀다. 나는 왜 네가 나와 같다고, 너를 안다고 자만했을까? 어째서……

너의 목을 잡은 손에 힘이 풀렸다. 매달리듯 너를 안으며 나는 통곡했다. 그리고 소리를 들었다. 누군가 문을 열고 들어오는 소리, 공들여 꾸민 우리의 공간으로 내 아내가 들어서는 소리를. 그 소리가 너를 안은 팔과 손끝까지 진동했다. 그리고 나는 곧 아내의 세계가 무너지는 장면을 목격했다.

이야기를 끝내자 장인이 보낸 나의 변호사, 내 앞의 남자가 다시 말했다. 너의 상해 정도가 크지 않고 내가 자수를 했으니 네가 먼저 유혹했고 협박했다고 말하면 정상참작이 될 거라고. 공허한 말이었다. 그도 나도 내가 그러지 않을 것을 알고 있으므로.

변호사에게 단 한 번도 면회 오지 않는 아내의 안부를 묻자 그는 머뭇거렸다. 아내는 그저 왜 자신이 내 사랑의 목격자가 되어야 했느냐는 말만 반복한다고 했다.

후회하느냐고 그가 다시 물었다.

나는 창밖에 흔들리는 나뭇잎을 바라보았다. 포틀랜드

에서 너와 보낸 한 달 반, 그리고 우리의 오피스텔에서 보낸 날들을 떠올리면서.

만약 너를 만나지 않았더라면, 아마도 나는 생이 끝나는 순간까지 안락한 삶을 유지했을 것이다. 그러나 너를 사랑하지 않았다면 내가 뭘 더 좋은 걸 했겠는가.

네가 다시 돌아올 때까지 나는 네게 약속한 대로 증명할 것이다. 우연을 만든 건 너이나 우연을 받아들인 건 나다. 이처럼 너를 사랑했으니 너의 마음도 같았는지를 새로 주어질 좁은 방에서 천천히 생각해보려 한다.

그리고 오랫동안 변하지 않는 것, 그것으로 너에게 보여줄 것이다. 내 안의 깊은 동굴에 들어가 너와의 매 순간을 곱씹으며 기어이 그러할 것이다. 너에게 쓰는 이 편지가 그 시작이다.

시벨리우스, Op. 76 No. 2 〈에튀드〉

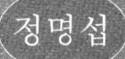

침대와 거짓말

"열고 들어갈 거야?"

건너편 벽에 붙은 오재민의 물음에 강민규는 잠시 주저하다가 고개를 끄덕거렸다. 그러자 오재민이 굳게 닫힌 문을 보면서 피식 웃었다.

"남조선 사람들은 얌전한 줄 알았는데 너는 그렇지도 않네."

"그래서 내가 인민공화국 사람이랑 잘 맞나봐."

오재민과 얘기를 주고받은 강민규는 점퍼 주머니에서 전기충격기를 꺼냈다. 그리고 전자 도어록에 갖다 대고 버튼을 눌렀다. 고압 전류가 흐르자 전자 도어록에서 타는 냄새가 나면서 문이 열렸다. 손을 부채처럼 흔들어서 냄새를 흩어버린 강민규가 문고리를 천천히 돌렸다. 오재민은 얼마 전에 동묘에서 산 스프링 봉을 펼치며 중얼거렸다.

"이럴 때는 떼떼 권총°이 있어야 하는데 말이야."

그 말을 무시한 강민규는 안으로 들어갔다. 대낮임에도 불구하고 집 안은 어두컴컴했다. 몸을 낮춘 강민규는 점퍼 안주머니에서 전술 랜턴을 꺼냈다. 뒤따라 들어온 오재민 역시 문을 닫고는 모서리에 쪼그리고 앉았다. 진입한 장소가 어두울 경우에는 시야가 확보될 때까지 안전한 지역에서 대기하는 게 CQB°°의 원칙이었다. 왼쪽에는 화장실로 들어가는 하얀 나무문이 있었고, 정면에는 거실과 방을 겸하는 공간이 보였다. 베이지색 커튼이 쳐져 있어서 어두웠던 것이다. 눈이 어둠에 익숙해질 때까지 기다린 강민규는 오재민에게 화장실을 확인해보라고 손짓하고는 복도를 천천히 걸어갔다. 그러자 뒤에서 오재민의 목소리가 들렸다.

"화장실 잠겼어. 이럴 때는 섬광탄이 있어야 하는데 말이야."

"섬광탄 투척하고 모잠비크 드릴로 제압해야지. 해봤어?"

° 소련제 툴스키 토카레프 권총. 한국전쟁 당시 소련 발음인 '떼떼(TT) 권총'으로 불렸다.
°° Close Quarters Battle. 근접 전투.

"모잠비크에서 해봤지. 세 번인가?"

오재민은 자신을 힐끔 돌아본 강민규에게 낄낄거리며 말했다.

"앞을 보라우. 군인에게는 무조건 전진뿐이야."

"염병하네. 뒤나 잘 지켜."

복도 끝자락에서 좌우를 살피던 강민규는 벽에 붙은 침대를 보고는 흠칫 놀랐다.

"침대 위에 뭐가 있어. 조심해."

오재민에게 속삭인 그는 조심스럽게 침대로 다가갔다. 침대의 시트와 이불은 검붉은 피로 물든 상태였다. 시신은 이불에 반쯤 가려진 알몸이었는데 두 사람이 찾던 여성임을 알 수 있었다. 그 모습을 바라보던 강민규의 표정을 살핀 오재민이 물었다.

"시신이야?"

"처참하네."

뒤따라온 오재민이 침대의 시신을 보고 얼굴을 찡그렸다.

"헤어지자고 하니까 남자가 손을 쓴 모양이군."

"그냥 좀 헤어지면 안 되나? 어차피 불륜이었잖아."

"사람들은 하지 말라고 하면 더 하려고 하는 법이지. 안 그래?"

강민규가 넌지시 말하자 오재민이 얼굴을 찌푸렸다.

"그렇긴 하지. 그래서 남조선 드라마 금지령을 어긴 애새끼들이 무더기로 처형당했고 말이야."

오재민이 투덜거리는 소리를 들으며 벽을 살펴보던 강민규는 마침내 스위치를 찾았다. 딸깍거리며 누르자 LED 전등이 환하게 켜졌다. 그러면서 어둠 속에 감춰져 있던 벽에 붙은 것들을 두 사람에게 보여주었다. 머리를 긁적거린 오재민이 벽에 붙은 종이들을 보면서 투덜거리기를 멈췄다.

"이게 대체 뭐야?"

한숨 돌린 강민규 역시 사진을 보고 놀라기는 마찬가지였다. 침대가 있는 거실의 벽에는 사진과 글이 빼곡하게 적힌 A4 용지로 도배되어 있었다. 사진이 있는 종이를 들여다보던 강민규는 얼굴을 찌푸렸다.

"둘이 섹스하는 거 같은데?"

오재민이 근처의 벽에 붙은 종이를 떼어내서 살펴보고는 구겨서 버렸다.

"이렇게 찍는 건 남조선에는 불법 아니야?"

"맞아. 심각한 범죄지."

짧게 대답한 강민규가 다른 종이를 떼어내 살펴봤다.

"이건 둘이 대화를 나눈 문자나 카톡 같은데? 같이 여행 가자거나 어디서 만나자는. 사랑해, 너 없인 안되겠다는 닭살스러운 멘트도 있고."

"그러니까 사진은 둘이 관계를 맺은 거고, 글은 둘이 대화를 나눈 거라고? 이걸 왜 여기 붙여놓은 건데? 남조선에 또라이들이 많다고는 들었지만 이건 좀 심한데."

오재민의 얘기를 듣고 잠깐 고민하던 강민규가 대답했다.

"보라고 한 거겠지."

"누구한테?"

짧게 물었던 오재민은 침대에 누운 시신을 바라보면서 덧붙였다.

"설마 남편?"

"금지된 사랑의 비극적인 결말이군. 어차피 여자가 마지막으로 만나러 간 사람도 자기 불륜남이잖아. 여긴 그 불륜남이 밀회를 즐기려고 빌린 곳이고 말이야."

강민규의 얘기를 들은 오재민이 뭔가 말하려는데 화장실 쪽에서 쿵 하는 소리가 들렸다. 그러자 둘은 거의 동시에 바닥에 몸을 날렸다. 누운 채 화장실 쪽을 바라본 강민규가 오재민을 노려봤다.

"확인 안 했어?"

"잠겼다고 했잖아."

"다시 확인하자."

살짝 몸을 일으킨 오재민이 투덜거렸다.

"진짜, 이번 의뢰 받고 싶지 않았다니까."

"돈이 될 거라고 받자고 한 건 너였잖아."

"이렇게 지저분할 줄 알았나."

"여하튼 북조선 인민들은 변명이 너무 많아요."

장난기 섞인 강민규의 잔소리에 오재민이 화장실의 문고리를 잡으면서 대꾸했다.

"변명을 제대로 못하면 우린 사형이야. 남조선에선 그냥 망신당하고 끝이지만."

"알았으니까 문이나 열어."

"기다려봐."

벽을 등지고 선 오재민이 한쪽 발을 들어서 문을 걷어찼다. 두세 번 걷어차자 문이 털컥거리며 열렸다. 잽싸게 안쪽을 들여다본 강민규가 이번에도 얼굴을 찌푸렸다. 오재민이 강민규의 옆에서 화장실 안쪽을 들여다보며 중얼거렸다.

"이건 또 무슨 상황이야?"

부서진 문 맞은편 수건걸이 아래 알몸의 남자가 쓰러져 있었다. 목에 긴 수건이 묶여 있는 광경이 기괴해 보였다. 오재민의 어깨를 밀고 안으로 들어간 강민규가 말했다.

"수건걸이에 수건을 걸고 목을 맨 모양이야. 시간이 지나니까 수건이 풀리면서 바닥에 넘어졌고."

"수건걸이면 키보다 낮잖아. 어떻게 목을 맨 거지?"

혹시나 하고 쓰러진 알몸의 남자를 가까이서 살펴본 강민규는 고개를 저으며 말했다.

"남조선은 북조선이랑 달라서 집에 목을 맬 높은 곳이 없거든. 그래서 대개는 자기 키보다 낮은 곳에 목을 걸어. 그리고 무릎에 힘을 좀만 빼면 스르륵⋯⋯ 저세상으로 가는 거지."

"진짜 창의적으로 갔네. 아니, 남조선같이 배부른 나라에서 왜 이렇게 사람들이 죽어나가는 거야?"

"여기 사람들은 헬조선이라고 하던데?"

"그런 에미나이들은 북조선에서 일주일만 살아보라 해. 그런 야물딱지지 못한 소리는 쏙 들어갈걸."

"어쨌든 의뢰받은 일은 나가리네."

밖으로 나온 강민규가 휴대폰으로 화장실과 거실을 쭉 찍었다. 뒤따라 거실로 들어온 오재민이 물었다.

"네가 신고할 거지?"

"사진만 좀 찍고."

"죽은 여성 동무가 아이가 있다고 했지?"

"여덟 살, 네 살."

"아이고야. 이제 어떡하나."

오재민이 혀를 차자 강민규가 사진을 찍으면서 대답했다.

"의뢰인의 아내는 아이들 때문에 불륜 관계를 정리하려고 했던 거 같아."

"그런데 상대방은 그걸 받아들이지 못했군."

"이걸 봐."

사진을 찍던 강민규가 손가락으로 벽에 붙은 종이 한 장을 가리켰다.

"여기가 어딘지 알아?"

"돌담을 보니 제주도 같은데?"

오재민의 대답을 들은 강민규가 말했다.

"제주도 포도호텔이야."

"먹는 포도?"

오재민의 농담에 썩은 미소를 지은 강민규가 대답했다.

"40만 원부터일 거야. 주말은 더 비싸겠지. 옆 사진에 새우튀김 우동 보이지?"

"어, 먹음직스럽네."

"이건 4만 원이고 말이야."

"엄청 비싼 데로 여행을 갔네."

오재민의 말에 강민규가 눈살을 찌푸렸다.

"죽은 불륜남 직업이 뭔지 알지?"

"마을버스 기사 아니었나?"

"그 마을버스 기사 월급으로 포도호텔에 가서 튀김 우동 정식을 먹은 거지. 그리고 여기도 남자가 빌린 걸로 알고 있어. 죽은 여자랑 밀회를 즐기려고."

"1층 부동산에 붙은 걸 봤는데 싸지는 않던데."

"맞아. 남자는 여자와의 관계에 돈을 몽땅 쏟아부은 거야. 아마 여자와의 관계가 자기의 모든 것이라고 생각했겠지. 그래서 헤어지자는 말을 듣고 여자를 죽이고 자기는 목을 맨 거고. 자기랑 여자랑 나눴던 불륜 기록들을 벽에 도배지처럼 붙여놓은 채 말이야."

고개를 절레절레 저은 오재민이 남조선 어쩌고 하면서 또다시 투덜거리자 강민규가 휴대폰의 긴급통화 버튼을 누르면서 씩 웃었다.

"그래서 헬조선이라고 하는 거야."

경찰에 신고 전화를 한 강민규는 조사를 의뢰했던 남편에게 전화해 간략하게 상황을 설명하고 위치를 알려주었다. 잔금 얘기를 하려는데 전화가 끊겼고, 때맞춰 경찰이 도착했다. 두 사람에게 설명을 들은 경찰관은 현장감식반을 호출했고, 두 사람을 데리고 경찰서로 향했다. 강제로 문을 개방하고 들어간 게 몹시 걱정스러웠지만, 다행히 가면서 전화를 해둔 덕분에 조사가 시작되기 전 두 사람을 도와줄 인물이 나타났다. 대한민국에서 가장 큰 로펌에 속한 여성 변호사의 명함을 받은 경찰은 두 사람에게 나중에 조사받으러 와도 된다고 말해주었다. 변호사와 함께 경찰서를 나선 오재민이 중얼거렸다.

"남조선 영화 보면 이럴 때 두부 먹던데."

계단을 내려가던 강민규가 피식 웃었다.

"그건 교도소 나올 때고. 여긴 경찰서잖아."

둘이 주고받는 얘기를 듣던 김선애 변호사가 주머니에서 담배를 꺼내면서 역시 피식 웃었다. 크리스마스를 앞둔 12월 초라 싸늘한 바람이 몇 번이고 라이터의 불을 끄는 바람에 두 사람이 잠깐 바람막이 역할을 해야만 했다. 마침내 담배에 불을 붙인 그녀가 고맙다고 말하면서 덧붙였다.

"진짜 707에 있던 애랑 북한 보위부에 있던 애랑 어떻게 이렇게 영혼의 파트너가 되었을까? 둘이 어디서 만났다고 했죠?"

둘은 거의 동시에 대답했다.

"개성공단이요."

고개를 절레절레 저은 김선애 변호사가 담배를 권했다. 강민규는 손사래를 쳤고, 오재민은 주머니에서 전자담배를 꺼냈다. 담배를 한 모금 피운 김선애 변호사가 말했다.

"우리 보스가 두 사람에게 의뢰할 사건이 있다네요."

"그래서 이렇게 빨리 오셨구만. 바쁘신 변호사께서 말이야."

씩 웃은 강민규의 물음에 김선애 변호사가 담배 연기를 쭉 뱉어낸 다음 대답했다.

"상부상조하는 거죠. 골 때리는 사건이라서 재판 준비하기가 애매해요."

"변호사님은 애매하고 골 때리는 사건은 잘 피해 가시더니만. 어쩌다가 걸려든 겁니까?"

김선애 변호사는 손에 쥔 담배를 말없이 바라봤다.

"담배를 피운다고 해서요."

"네?"

못 알아들은 강민규의 반문에 김선애 변호사가 담배를 가볍게 흔들면서 말을 이었다.

"우리 사무실에서 유일한 흡연자가 저거든요. 이혼 경력도 있고."

"그게 무슨 상관이랍니까?"

"일단 두 탐정께서 사건 조사를 도와줄지 확인해보래요."

김선애 변호사의 물음에 강민규가 오재민을 힐끔 쳐다봤다.

"만약 거절하면요?"

"다음에는 제대로 가격을 받고 도와주라고……"

"하겠습니다."

말이 채 끝나기도 전에 냉큼 승낙한 그가 덧붙였다.

"이 험한 세상에 믿을 만한 변호사가 하나도 없다는 건 슬픈 걸 떠나서 위험한 일이니까요."

전자담배를 피우면서 듣고 있던 오재민이 끼어들었다.

"이번에도 불륜입니까?"

"금지된 사랑이라는 점잖은 표현이 있죠."

"남조선 사람들은 참말로 말을 잘 꾸미네."

오재민의 대꾸를 들은 강민규가 서둘러 끼어들었다.

"이해하세요. 오늘 저랑 같이 문 따고 들어갔다가 시신을 두 구나 발견해서요."

얼굴을 찡그린 오재민이 덧붙였다.

"거기다 미친놈이 여자랑 나눈 대화랑 여행 가서 찍은

사진, 둘이 관계하는 장면들을 찍어서 온 방에 다 붙여놨더라고요."

"얘기 들었어요. 이번 사건도……"

담배 연기를 뿜어내고는 김선애 변호사가 덧붙였다.

"못지않을 거예요."

오재민이 또 헛소리를 할까봐 강민규가 서둘러 대답했다.

"우린 그런 거 좋아합니다. 걱정 붙들어 매시죠, 변호사님."

"좋아요. 관련 자료와 당사자들 연락처는 이메일로 보내드릴게요. 제 의뢰인 측에서는 소송에서 이기거나 혹은 유리하게 합의할 수 있는 명백한 증거를 원해요."

"우리 뉴욕 탐정사무소가 일 처리 하나는 확실하기로 유명하니까."

"그럼 잘 부탁드려요."

담배를 다 피운 김선애 변호사가 두 사람을 보면서 덧붙였다.

"남북 관계는 엉망인데 두 사람 사이는 더없이 좋아 보이네요."

오재민이 전자담배 연기를 내뿜으면서 투덜거렸다.

"그때 사정 안 봐주고 총살했어야 했는데 말이죠."

"야, 그럼 너도 그때 망명해서 자리 못 잡았어."

둘이 다시 티격태격하는 모습을 두고 김선애 변호사는 웃으며 주차장으로 향했다.

다음 날, 신문로에 있는 낡은 빌딩 꼭대기 층 뉴욕 탐정 사무소에 출근한 강민규는 기지개를 켜면서 컴퓨터를 켰다. 스팸메일 몇 개를 지우고 나자 김선애 변호사가 보낸 이메일이 와 있다. 살펴보는데 화장실 문이 열렸다. 칫솔을 입에 문 오재민이 치약 거품을 뚝뚝 떨어뜨리며 말했다.

"거 일찍 좀 출근하라우."

"아무리 일찍 출근해도 여기서 먹고 자는 너보다 빨리 올 수 있냐? 얼른 양치하고 나와봐. 김변이 보낸 이메일 왔어."

"그나저나 변호사 성이 변 씨면 변변이 되는 거야? 거 변변치 않겠구만."

한바탕 웃은 오재민이 도로 화장실로 들어가자 강민규는 피식 웃고 말았다. 몇 년 전, 먼 친척의 요청으로 개성공단의 공장에 파견되어 재고 문제를 처리하던 중 어쩌다 살인 사건에 휘말리면서 누명을 쓴 적이 있다. 그때 사건을 조사하기 위해 평양의 호위사령부에서 파견된 인물이 바로 오재민 소좌였다. 그의 도움으로 문제를 해결하고 무사히 귀국한 강민규는 몇 년 후, 모종의 사건에 휩쓸려 북한에서 탈출한 오재민과 다시 만났고, 함께 탐정사무소를 운영하는 중이었다. 원래 707 대테러부대를 함께 제대한 동료들과 운영했지만 적자가 누적되자 다들 견디지 못하고 빠져나갔고, 이제는 둘만 남았다. 오재민이 입을 헹구러 다시 화장실로 들어간 사이, 강민규는 이메일을 열었다. 손으로 턱을 괸 채 내용을 읽던 강민규 옆에 오재민이 털썩 앉았다.

"이번 사건은 뭐야?"

"직접 보는 게 좋겠어. 이번 건도 만만치 않네."

강민규는 오재민이 앉은 방향으로 모니터를 돌려주고는 의자에서 일어났다. 그리고 창가로 걸어갔다. 낡은 빌딩이었지만 위치도 나쁘지 않았고 무엇보다 전망이 좋았다. 길게 뻗은 도로를 따라가는 자동차와 우뚝 솟은 주변의 빌딩들은 아무리 봐도 질리지 않는 것이다. 잠시 후, 오재민의 헛기침 소리가 들렸다. 고개를 돌린 강민규가 물었다.

"어때?"

"골 때리겠네. 뭐가 어떻게 돌아가는 거야?"

"그러니까 로펌에 이혼소송을 의뢰한 여성이 갑자기 사망했는데, 뭔가 이상해서 부검을 해보니까 체내에서 다량의 니코틴이 나온 거지. 그래, 네가 피우는 전자담배에 있는 그 니코틴 말이야."

"담배를 대체 얼마나 피웠길래 그 정도로 나온 거야?"

"죽은 여성은 담배를 피우지 않았어. 비흡연자였다는 얘기지."

"그래? 이상한데?"

"경찰도 그게 이상해서 알아보니까 죽은 여성의 남편이 며칠 전에 전자담배 가게에서 대량의 니코틴을 사들인 걸 확인했어. 남편도 담배를 피우긴 하지만 평소 구매했던 것보다 훨씬 많이."

강민규의 얘기를 들은 오재민이 혀를 찼다. 강민규가 말을 이었다.

"나중에 경찰에 진술하기로는 액상 김장을 하려고 그랬대."

"액상 김장?"

"전자담배의 액상을 이것저것 섞어서 숙성시키는 걸 액상 김장이라고 해."

"남조선 인민들은 말을 참말 창의적으로 만드는구만."

오재민이 평소에는 잘 쓰지 않던 북한 특유의 딱딱한 말투로 장난스럽게 얘기하자 강민규는 피식 웃었다.

"어쨌든 대량으로 구매한 액상들 상당수가 없어진 상태였어. 그런데 액상 김장을 하려면 적어도 일주일은 필요하거든. 그런데 며칠 만에 사놓은 액상들 상당수가 사라진 거지."

"뭔가 딱딱 맞아떨어지네. 그런데 남편은 뭐라고 설명했는데?"

"액상 김장을 하다가 용기가 깨져서 상당수가 흘러나왔다는 거야."

"캬~ 하필 그때?"

"그래서 경찰도 의심한 거지. 살인죄 적용해 수사에 착수해서 구속영장 발부받은 상태야."

"그래서 담배를 피우는 변변, 아니 김변이 이 사건이랑 엮인 거야?"

"하나 더 있어. 죽은 아내가 김변 쪽 회사에 이혼소송을 의뢰한 상태였어."

강민규의 설명을 들은 오재민이 모니터를 들여다보면서 고개를 절레절레 저었다.

"완전 용의자네. 그런데 왜 이혼하려고 한 건데?"

"남편이 바람을 피웠어. 그것도 죽은 아내의 친구랑."

"염병할 놈이구만."

"물론 남편은 아내가 이혼소송을 제기한 사실을 모르고 있었어."

"하지만 짐작은 할 수 있지 않았겠어? 그래서 이혼당하기 전에 먼저 선수를 쳐서……"

"마침, 아내가 사망보험을 몇 개 들어놓은 상태야. 보험금 수령자는 남편이고. 그리고 남편이 아내 이름으로 몰래 대출을 받은 것도 있어. 그걸로 불륜녀랑 해외여행을 갔다 왔고 말이야."

"그럼 더 볼 것도 없잖아. 이런 걸 왜 우리한테 맡긴 거야?"

오재민의 물음에 강민규가 돌아서서 모니터의 아래쪽을 더 보라는 손짓을 했다.

"더 볼 것도 없음 좋겠지만 1심에서는 살인죄에 대해선 무죄 판결이 나왔어."

"뭐라고? 남조선 법관들은 다 돌대가리들이야?"

"아래쪽 법원 판결문을 더 보라고. 일단 체내에 있는 치사량의 니코틴을 섭취하려면 당사자가 엄청난 고통을 느끼고 구토를 하든지 이상 증상이 나타나. 그런데 피해자가 죽기 전에 그런 흔적을 보이지 않았어. 그냥 안방에서 자다가 사망했고, 불륜녀랑 밤을 함께 보낸 남편이 들어왔다가 발견한 거지."

강민규의 설명을 들은 오재민이 모니터를 바라보면서 대꾸했다.

"불륜녀랑 같이 있었던 게 오히려 알리바이를 만드는 데 도움이 되었네."

"맞아. 거기다 이혼소송을 준비하면서 혼자 쓰는 안방 문은 항상 잠그고 잤어. 발견되었을 때도 남편이 안방이 안 열리니까 열쇠 수리공을 불러서 문을 열다가 시신과 마주쳤지."

"그러니까 정황상 남편이 범인인 거 같지만 명백한 증거가 없다 이 말이네. 내가 이해한 게 맞아?"

"맞아. 1심에서 예상 밖으로 살인에 대해서 무죄가 나오는 바람에 로펌 쪽이 발칵 뒤집혔나봐. 그래서 추가 조사로 증거를 확보해서 2심 재판 때 판결을 뒤집으려는 거지. 3심은 사실상 2심의 결과를 수용하기 때문에 앞으로가 중요해."

"동네가 어딘데?"

"월령시."

"또 거기야? 거기는 뭐 범죄자들이 둥지를 틀었구만."

"덕분에 우리 탐정사무소가 먹고사는 거지. 그러니까

범죄를 좀 사랑해보라고."

"어이구, 사랑할 게 없어서. 바로 갈 거야? 머리 좀 감고 갈게."

"아예 살림을 차려라 진짜."

강민규의 구박에도 오재민은 천천히 일어나서 화장실로 들어갔다. 문이 닫히는 소리를 들은 강민규는 의자에 앉아 김선애 변호사에게 조사에 착수하겠다는 답메일을 보냈다.

화장실에서 나온 오재민이 드라이기로 머리를 말리자마자, 둘은 지하 주차장으로 내려가 강민규의 차를 타고 사건이 벌어진 월령시로 향했다. 차를 타고 가는 동안 강민규는 만나야 할 사람들에게 연락을 했다. 제일 먼저 죽은 여성의 언니를 만나보기로 했다. 월령시 외곽에 있는 공원의 대형 카페를 약속 장소로 잡았다. 내비게이션으로 위치를 확인하는 강민규에게 휴대폰을 보던 오재민이 말했다.

"지난번 사건 말이야. 남자가 불륜 상대인 여성을 죽이고 자살한 걸로 결론이 난 모양이야."

"당연한 거 아니야?"

내비게이션을 들여다보던 강민규의 얘기에 오재민이 대꾸했다.

"죽은 여성의 남편이 잔금을 주기 힘들겠대."

"어쩔 수 없지."

"그걸로 밀린 월세 낸다며? 쫓겨나면 나 갈 데 없으니까 너희 집에 들어간다."

"입구에 부비트랩 설치할 거야."

"죽은 불륜 커플이 어떻게 만난 거라고 했지?"

"남자가 운행하는 마을버스에 여성이 자주 탔지. 살던 아파트에서 전철역까지 운행했어."

"잘생기지도 않았는데 어떻게 사랑에 빠진 거야? 나 같으면 남자 얼굴도 잘 기억 못하겠구만."

"지난번에 둘이 죽은 집에서 찍은 사진들을 보니까 늦은 밤에 돌아오는 여성이 막차를 운행하던 남자와 얘기를 나눈 게 시작이었나봐. 남자는 그 순간 사랑에 빠진 거 같고, 여자는 남편이랑 아이들에게 외면받는다고 생각하던 상황이라 자연스럽게 가까워진 거지."

"서로 외로웠군."

오재민의 얘기에 강민규가 고개를 끄덕거렸다.

"남자도 이혼한 지 얼마 지나지 않은 상황이었으니까. 서로 외로운 부분을 채워준 거지. 끔찍한 결말로 이어졌지만 말이야."

그 후로 두 사람의 말은 이어지지 않았다. 마침내 내비게이션이 알려준 종착점인 월령시 외곽의 대형 카페에 도착했다. 경광봉을 든 아저씨가 주차 도우미 노릇을 하고 있었다. 알려준 곳에 주차하고 시동을 끈 강민규가 밖으로 나왔다. 뒤따라 조수석에서 내린 오재민은 매고 있던 목도리를 추스르며 투덜거렸다.

"어째 남쪽이 북쪽보다 더 추운지 영문을 도통 모르겠어."

"마음이 차가워서 그런 거야. 마음을 좀 따뜻하게 가져 보라고."

강민규의 농담에 오재민이 코웃음을 쳤다.

"아니, 맨날 보는 게 사람 죽고 죽이는 건데 어떻게 마음을 따뜻하게 먹어?"

둘은 어마어마하게 큰 카페로 들어갔다. 호텔에서나 볼 수 있는 대형 회전문을 통과해 안으로 들어간 두 사람은 입을 딱 벌렸다. 가운데에 자기들 키의 세 배만 한 크리스마스 트리가 바쁘게 불빛을 반짝거리는 중이었다. 주변에는 커다란 선물 박스와 루돌프 사슴 장식들이 있었는데 역시 색색 가지 전구들로 뒤덮여 있었다. 트리를 중심으로 빙 둘러 놓인 테이블들은 3층까지 이어졌다. 계단도 엄청나게 넓어서 일부는 테이블로 쓰는 중이었다. 목도리를 벗은 오재민이 넋이 나간 표정으로 중얼거렸다.

"평양의 호위총국 사령부보다 큰 거 같네."

강민규도 내부 규모에 당황해서 두리번거리다가 결국은 만나기로 한 여성에게 전화를 걸었다. 잠깐 통화를 한 강민규가 트리를 올려다보는 오재민의 어깨를 쳤다.

"가자."

"어디로?"

"큰 붕어빵이 있는 곳으로 오래."

"붕어빵?"

오재민이 강민규가 쳐다보는 곳을 바라봤다.

두 사람은 큰 붕어빵이 그려진 작은 가게 앞에 섰다. 카페 안의 가게인 셈이었다. 둘이 어리둥절한 표정으로 바라보자 검은색 베레모를 쓴 붕어빵을 굽던 여성이 옆에 있던 남자의 팔을 툭 쳤다. 그리고 황토색 앞치마를 벗고 밖으로 나왔다.

"잘 찾아오셨네요. 내부가 워낙 복잡해서 그냥 큰 붕어빵을 찾으라고 해요. 아까 전화 주신 탐정 분이시죠."

작은 체구에 동그란 안경을 쓴 그녀를 내려다본 강민규

가 서둘러 대답했다.

"네, 제가 전화드린 뉴욕 탐정사무소 강민규입니다. 이쪽은 저랑 같이 일하는 오재민이라고 하고요."

"저쪽으로 가시죠. 여긴 좀 시끄러워서요."

그녀가 두 사람을 안내한 곳은 화장실 앞의 테이블이었다. 화장실을 오가는 사람들만 보일 뿐 조용해서 얘기를 나누기 편했다. 안쪽에 앉은 그녀가 머리에 쓴 베레모를 벗으면서 헝클어진 머리카락을 쓰다듬었다.

"오연경이라고 합니다. 제 동생이 오진경이고요."

뉴욕 탐정사무소 명함을 건넨 강민규가 조심스럽게 말했다.

"로펌 쪽에서 관련 내용은 전달받았습니다만, 조사가 추가로 필요해서 만나자고 요청드렸습니다. 먼저 고인의 명복을 빕니다."

정중하게 얘기한 강민규가 아까 그녀처럼 팔꿈치로 오재민을 툭 쳤다. 그러자 오재민도 명복을 빈다는 말을 했다. 테이블을 내려다보면서 한숨을 쉰 그녀가 두 사람을 바라봤다.

"정말 믿기지 않아요. 진짜 구김살 없고 밝은 성격이었거든요. 어릴 때 제가 엄마한테 혼나서 울고 있으면 이빨 사이에 김을 끼우고 와서 씩 웃어주곤 했어요."

"용의자인 남편 측이 주장하는 자살을 믿지 않으시는군요."

"누구 좋으라고요? 진경이 남편, 아니 그 새끼는 평생 일도 제대로 안 하고 놀고먹은 베짱이 같은 존재였어요. 그래서 진경이가 생활비의 대부분을 벌었고요."

"동생 분이 담배를 피우셨나요?"

"중학교 때 같이 피운 후부터 쭉 피웠죠. 그러다가 몇 년 전에 갑자기 담배 때문에 임신이 안 되는 것 같다면서 끊는다고 했어요. 물론 완전히 끊지는 못했지만 상당히 많이 줄였어요. 그러니까 그 정도로 많은 니코틴이 체내에 남을 일이 없어요. 거기다 전자담배는 싫다고 했고요."

"남편 분은 전자담배를 피우셨죠?"

"네, 그런 걸로 알고 있어요."

"1심 재판부에서는 그 정도의 니코틴을 모르는 상태로 섭취할 수 없고, 직후에 구토라든지 이상 증상이 있어야 하는데 그런 흔적이 없다면서 타살이라는 검찰 측 주장을 받아들이지 않았습니다."

강민규의 얘기에 그녀가 분하다는 표정을 지으며 벗어 놓은 검은색 베레모를 세게 움켜쥐었다.

"동생은 진짜 잘 참는 성격이었어요. 맹장이 터졌을 때도 몇 시간이나 혼자 끙끙대는 바람에 하마터면 복막염으로 죽을 뻔했다니까요. 그러니까 이번에도 그냥 몸이 아픈 거라고 생각하고 참았을 거예요. 나한테 전화라도 한 통 했었으면……"

말을 잇지 못하던 그녀가 결국 눈물을 글썽거렸다. 안경을 벗고 베레모로 눈물을 닦은 그녀가 충혈된 눈으로 두 사람을 바라봤다.

"그 새끼가 참 뻔뻔하게도 들통날 거 같으니까 갑자기 진경이가 니코틴 용액을 대량으로 구해서 마시고 자살한 거라고 했어요."

"자기의 불륜 때문에 충격과 좌절에 빠져서 자살한 것이라고 주장했다고 봤습니다."

"맞아요. 진짜 나쁜 새끼가 법정에서 얼굴빛 하나 안 변하고 얘기하더라고요. 그때, 내 손에 칼이라도 있었으면 찔러 죽였을 건데."

"아내가 자살하면 사망보험금을 못 받지 않나요? 왜?"

"감옥에 가는 것보다 보험금을 포기하는 게 좋으니까요. 거기다 진경이랑 살던 집은 공동명의이고, 아까 그 가게는 진경이 거예요."

"그 붕어빵 가게 말입니까?"

"네, 재작년에 남편이 계속 돈을 안 갖다준다면서 붕어빵이라도 팔겠다고 했어요. 말리긴 했는데 들을 성격이 아니라서요. 그런데 붙임성 있는 성격에 잘 웃는 편이라 인기가 많았어요. 요 앞에서 장사하다가 여기가 만들어질 때 입주하라는 제의를 받고 들어온 거예요."

"아, 그렇군요."

"그런데 여기가 장사가 잘되면서 권리금이 붙더라고요. 이 카페랑 계약 기간도 많이 남아 있어서 탐을 내는 사람들이 좀 있어요."

"권리금이 얼마예요?"

옆에 있던 오재민이 불쑥 묻자 그녀가 검지를 세웠다.

"큰 거 한 장이요. 거기다 재임대도 가능해서 누구한테 주고 다달이 월세처럼 받아도 꽤 나쁘지 않아요."

"그 권리가 남편 소유가 될 수 있다는 말씀이시군요."

강민규의 물음에 오연경이 고개를 끄덕거렸다.

"네, 사실 저도 남편 사업이 실패해서 진경이한테 돈을 좀 주고 여기서 일하는 중이에요. 겨우 버티고 있는데 그 새끼가 이걸 팔아버린다고 하면 저희도 곤란해져요."

강민규는 그제야 오연경이 수임료가 비싼 로펌에 사건을 의뢰한 이유를 알아차렸다. 살짝 마음이 불편해진 그가 헛기침을 하자 오재민이 서둘러 입을 열었다.

"1심에서는 현재 살인에 대해서는 무죄 판결이 났습니다. 아마 피의자 쪽에서는 자살을 했다는 주장을 이어갈 거고, 그걸 뒤집을 결정적인 증거가 필요합니다."

"아니, 진경이 남편이 바람을 피워서 이혼소송을 하려고 한 상황인데, 그것보다 더 명백한 증거가 어디 있냐고요. 정말 답답해서 미치겠어요."

"심정은 잘 요해, 아니 이해합니다만 그런 얘기가 있지 않습니까? 법정에서 내 편을 드는 건 돈 주고 고용한 변호사뿐이라고요. 당사자가 아니면 다 남의 사연에 불과하죠. 그러니까 진정하시고 증거가 될 만한 것들이 있을지 사소한 거라도 말씀해주십시오."

"잘 모르겠고, 일단 그 새끼 애인이나 좀 족쳐보세요. 걔도 여러모로 의심스러워요."

진정한 강민규가 홍분한 그녀에게 말했다.

"안 그래도 로펌 쪽 자료에서도 불륜녀에 대해서는 직접 알아보라는 식으로 넘어가서요. 그 여인이 대체 누굽니까?"

강민규의 질문에 오연경의 표정이 복잡해졌다. 주저하던 그녀가 토해내듯 얘기를 털어놨다.

"사실은 여자가 아니라 남자예요."

그 말을 먼저 이해한 것은 오재민이었다.

"그러니까 죽은 여동생의 남편과 불륜을 저지른 게 여성이 아니라 남성이라는 말입니까? 그러니까 남남 커플?"

오연경이 고개를 끄덕거리며 덧붙였다.

"진짜 처음에는 믿기지 않았죠. 동생이 남편이 남자랑 손을 잡고 다니는 걸 봤다고 했을 때도 긴가민가했거든요. 그런데 둘이 여행을 같이 가고, 해안가에서 끌어안고 키스하는 사진을 봤어요."

강민규가 뒷머리를 긁적거리면서 난감한 표정을 지었다.

"둘은 어디서 만났답니까?"

"작가 지망생 모임에서요. 그 새끼가 어느 날 갑자기 작가가 된다면서 하던 일 다 때려치우고 비싼 돈 내고 글을 가르쳐주는 학원 같은 데 다녔거든요. 거기서 만난 모양이에요."

"연락처나 사진 같은 거 있습니까?"

"잠깐만요."

주머니에서 휴대폰을 꺼낸 그녀가 손가락으로 화면을 넘기다가 두 사람에게 내밀었다.

"여기요."

두 사람은 머리를 맞대고 휴대폰을 쳐다봤다. 멀리서 찍느라 초점이 잘 맞지는 않았지만 남자 둘이 손을 잡고 다니는 사진들이 보였다. 괴로운 표정을 지은 오연경이 말을 이어갔다.

"으이그, 진짜."

몸서리를 치는 그녀를 보면서 사진을 쭉 확인한 강민규는 마지막에 나온 명함 사진을 봤다.

"작가 김규찬."

"작가는 무슨 놈의 작가예요. 제 이름으로 된 책 한 권도 없는데."

"이 사람도 월령시에 사는군요."

"네, 변두리에 있는 고만고만한 다세대 빌라에 산대요."

명함을 휴대폰으로 찍은 강민규가 그녀에게 휴대폰을 돌려주면서 물었다.

"이 사람도 담배를 피웁니까?"

"그건 잘 모르겠어요. 왜요?"

그녀의 물음에 강민규는 옆에 앉은 오재민을 바라보면서 대답했다.

"이 친구가 아까 얘기한 대로 사소한 것이라도 재판 결과를 뒤집는 계기가 될 수 있거든요."

잠깐 생각에 잠겨 있던 오연경이 입을 열었다.

"그 새끼가 증인으로 나왔을 때 검사가 물어봤는데 안 피운다고 대답한 걸로 기억해요."

"보통 작가들은 담배를 피우지 않나요? 영화나 드라마 보면 골초로 나오잖아요."

"안 그래도 검사도 그렇게 물어봤더니 영혼이 망가지네 어쩌고 하면서 창작에 방해가 돼서 안 피운다고 했던 것 같아요."

"지금도 여동생의 남편 분은 이 사람과 만나고 있습니까?"

"물론이죠. 글쓰기 학원도 같이 다니고, 모임도 같이 한다고 들었어요. 이제는 주변 눈치도 안 보고 아주 신이 났더라고요. 술 마시고 주변 사람들한테 이 가게 권리금 받고 팔아서 둘이 해외에 나가서 산다고 그랬다고 진경이 친구가 카톡으로 알려줬어요."

그녀의 얘기를 들은 강민규가 이어서 질문을 던졌다.

"여동생 분이 사망할 당시 안방에 혼자 있었고, 안에서 문이 잠겨 있었다고 들었습니다만."

"둘은 예전부터 각방을 썼어요. 어차피 그 새끼는 집에 잘 들어오지도 않았거든요. 그런데 그날은 딱 맞춰서 들어왔다가 안방이 잠겼다고 호들갑을 떨면서 열쇠 수리공까지 불러서 문을 열었어요. 그것도 진짜 이상했어요. 보통 때는 둘이 최대한 안 마주치려고 했거든요."

"같은 집에 살면서요?"

"네, 방도 따로 썼고, 식사 시간도 안 맞았죠. 진경이는 하루 종일 붕어빵을 팔다가 밤늦게 들어가서 잠만 자고 나왔어요. 남편이라는 놈은 그놈이랑 눈이 맞아서 발정 난 개새끼처럼 돌아다녔고요. 그리고……"

숨도 제대로 쉬지 않고 얘기하느라 헐떡거리던 오연경이 잠시 진정하고는 말을 이어갔다.

"보통 때 안방 문이 잠겨 있는 걸 알고 있었고 딱히 이상한 일이 아니었는데 그 소동을 벌인 게 이해가 가지 않아요. 거기다 휴대폰으로 동영상까지 촬영했지 뭐예요. 굳이 문을 따고 들어가는 거를요."

"알리바이를 만들려고 일부러 그런 소동을 벌였다고 보신 건가요?"

"네, 거기다 제가 소식을 듣고 가니까 청소업체 사람을 불러서 이미 안방을 싹 치워놨더라고요."

"청소업체요?"

"네, 무슨 특수 청소업체인지 뭔지, TV에 나온 것처럼 하얀 옷에 마스크를 쓰고 침대랑 주변을 구석구석 청소하더라고요."

"갑자기요?"

오재민의 물음에 한숨을 쉰 그녀가 대답했다.

"그러니까요. 제가 뭐 하는 거냐니까 청소하는 중이라고, 아내가 죽어서 병원에 갔으면 거기로 가는 게 정상 아닌가요?"

"그렇긴 하죠."

강민규가 맞장구를 치자 그녀의 목소리가 높아졌다.

"거기다 경찰 조사가 시작되니까 둘이 그놈 집에 같이 있었다고 한 거예요."

"김규찬이라는 사람이 그렇게 확인을 해준 거군요."

"맞아요. 안 그래도 둘이 만나는 게 진경이도 믿기지 않아서 생전에 탐정사무소에 연락해서 미행을 시킨 다음에나 알아차린 거고요."

"그래서 증언의 무게감이 남달랐군요."

"무게감이라니요?"

오연경의 반문에 강민규가 가늘게 한숨을 쉬고는 대답했다.

"재판부에서는 감추고 싶은 사이를 드러내면서까지 애

기했으니까 거짓말은 아닐 거라고 판단했을 겁니다. 게다가 그것 때문에 자살했다고 하면 이유가 납득이 될 테니까요. 자기 친구인데다, 하물며 남자니까……"

강민규의 얘기를 들은 오연경이 고개를 옆으로 기울이며 두 눈을 찡그렸다.

"안 그래도 그놈 변호사가 그러더라고요. 사회적 평판을 잃으면서까지 거짓 증언을 할 이유가 없다면서 말이에요. 혓바닥을 뽑아버리고 싶었어요."

진정하라는 듯 두 손을 펼친 강민규가 말했다.

"변호사는 당연히 할 일을 한 것뿐입니다. 어쨌든 조사를 계속 진행해보겠습니다."

"꼭 증거를 찾아주세요."

"물론입니다. 일단 남편 분이 찍었다는 동영상을 가지고 계시면 보내주세요. 그리고 돌아가신 동생 분이 있던 현장도 봐야 할 거 같습니다만."

"알겠어요. 명함에 있는 이메일 주소로 보내드릴게요. 진경이네 집 비밀번호도 같이요. 그 새끼가 그놈이랑 웃으면서 손잡고 거리를 활보하는 건 죽어도 못 봐요."

강민규는 그것보다는 붕어빵 가게를 지키고 싶다는 게 더 큰 이유라는 생각이 들었지만 소리 내어 말하지는 않았다. 검정 베레모를 도로 쓴 그녀가 의자에서 일어나면서 말했다.

"드릴 건 없고."

대형 카페를 나온 두 사람의 손에는 각각 붕어빵이 가득 든 종이봉투가 들려 있었다. 다시 차에 탄 두 사람은 붕어빵을 하나씩 먹었다. 머리부터 먹어서 꼬리까지 먹어치운 오재민이 물었다.

"골치 아픈 사건이네. 다음은 누굴 만날 거야?"

"일단 불륜녀, 아니 불륜남부터 조사해보게."

"그나저나 작가라는 사람이 그래도 되는 거야? 거, 글을 쓰는 사람이면 타의 모범이 되어야지."

"작가가 무슨 선생이냐? 그리고 작가도 아니라잖아."

"참 쓸모없는 직업 같아."

"그러지 마. 나도 작가가 꿈이니까."

강민규의 얘기를 들은 오재민이 놀랍다는 표정으로 바라봤다가, 웃음을 참느라 애썼다. 그걸 보면서 혀를 찬 강민규는 차를 출발시켰다. 그리고 경광봉을 들고 주차장 입구를 지키던 아저씨에게 붕어빵이 든 종이봉투를 건넸다.

죽은 오진경의 남편과 불륜남이 함께 다니는 글쓰기 강좌는 월령시의 한 도서관에서 열렸다. 도서관 주차장에 차를 댄 강민규는 오연경이 보내준 동영상을 보면서 아직 온기가 남아 있는 붕어빵을 먹었다. 해가 질 무렵, 도서관에서 사람들이 우르르 나오는 모습을 보고 강민규와 오재민은 바짝 긴장했다. 두 남자는 제일 나중에 나왔는데 서로 손을 잡고 있었다. 조수석에 있던 오재민이 시트 아래로 몸을 낮추면서 물었다.

"오른쪽에 안경잡이가 죽은 여자 남편이고, 옆에 수염 나고 모자 쓴 새끼가 불륜남이지?"

"맞아. 오진경의 남편 황성환, 그리고 불륜남이 자칭 작가인 김규찬."

"이혼을 하고 만날 것이지 꼭 이렇게까지 했어야 하나?"

"황성환이 가진 재산이 별로 없잖아. 결혼하고 제대로 직장을 가져본 적이 없고, 돈은 대부분 오진경이 벌었고. 이혼소송하면 글자 그대로 쪽박 차고 쫓겨나는 거지. 김규찬도 사는 곳을 들어보면 딱히 사정이 좋은 거 같지는 않아."

"뭣 때문에 그렇게 서로 목을 매는지 도통 영문을 모르겠네?"

오재민의 물음에 강민규가 어깨를 으쓱거렸다.

"금지된 사랑이니까? 붕어빵 남았어?"

강민규에게 종이봉투째 건넨 오재민이 투덜거렸다.

"자기는 폼 나게 줘버리고는 자꾸 뺏어 먹지 마."

신경도 쓰지 않고 마지막 남은 붕어빵을 꺼내 꼬리부터 먹기 시작해서 머리를 씹어 먹었다. 그러고는 차의 시동을 걸고 천천히 두 사람의 뒤를 따라갔다. 손을 잡고 나온 둘은 마트에 들러 먹을 것을 산 다음에 오연경이 얘기한 대로 골목길에 있는 김규찬의 빌라로 향했다. 둘이 2층으로 올라가서 문을 열고 들어가는 모습을 지켜본 강민규가 오재민에게 물었다.

"이상한 거 눈치챘어?"

"당연히 눈치챘지. 남자 둘이 손잡고 다니는 거."

"아니, 그거 말고."

심각한 표정의 강민규가 오재민을 보면서 손가락으로 담배를 피우는 시늉을 했다.

"담배를 안 피웠어."

"뭐라고?"

"황성환 말이야. 액상 김장을 할 정도로 전자담배를 피워대는 사람인데 오는 내내 한 번도 안 피웠어."

"집 안에서 피우지 않을까?"

"요즘은 아파트건 빌라건 다 금연이야."

"아내를 잃은 충격 때문에 담배를 끊은 거 아닐까?"

오재민의 얘기에 강민규는 고개를 저었다.

"표정 봤어? 겁나 홀가분해 보이던데?"

"그럼 잘 피우지도 않는 전자담배를 핑계로 대량의 니코틴 원액을 사들였다는 말이잖아."

"이제 한 가지만 해결하면 되겠네."

"뭐?"

"밀실 트릭을 부수는 거."

"남편 짓이라고 생각해?"

오재민의 물음에 강민규가 확신에 찬 표정으로 고개를 끄덕거리며, 내비게이션에 오진경이 살던 집 주소를 입력하고 핸들을 틀었다.

오진경이 살던 동네에는 새로 지어진 빌라들이 많았다. 군데군데 첫눈이 녹지 않고 남은 길가에 차를 세우고 내린 둘은 다세대 빌라 앞에 섰다. 코트 주머니에 손을 찔러넣은 채 하얀 입김을 뿜어낸 오재민이 올려다보면서 말했다.

"2층 오른쪽이지? 옆에 담장을 밟으면 창문까지 손이 뻗겠는데?"

"모서리에 CCTV 있잖아. 그리고 여기 골목에 주차된 차들 봤지. 블랙박스가 잔뜩 있고, 당시 경찰이 조사했을 때 이상한 사람은 없었다고 했어."

"자고 있던 안방은 잠겨 있었다고 했지? 이러면 진짜 자살이라고 생각할 수밖에 없는데."

오재민이 창문을 올려다보면서 투덜거리자 강민규가 눈살을 찌푸렸다.

"자살할 사람이 복잡한 이혼소송을 할 이유가 없잖아. 그것도 고통스럽게 니코틴 용액을 마셔가면서 말야."

"저기 창문으로 못 들어가면 저 안은 밀실이나 다름없잖아. 거기다 현장도 훼손된 상태고."

"그러니까 지금부터 그 밀실 트릭을 박살내야지. 둘은 소설가 지망생이니까 아마 그런 식의 트릭은 많이 접했을 거야."

"남편이 현장을 찍은 동영상엔 방 안에 아무도 없었잖아. 거짓말이야 얼마든지 할 수 있지만 영상은 조작이 불가능해."

"그런데 말이야."

오재민의 얘기를 듣던 강민규가 중얼거렸다.

"생각보다 쉬울 수도 있어."

둘은 오연경이 알려준 빌라 현관의 비밀번호를 누르고 안으로 들어갔다. 커튼이 드리운 내부는 아직 밤이 찾아오지 않았지만 어두컴컴했다. 지난번 오피스텔의 기억 때문에 둘은 거의 동시에 주춤거렸다. 점퍼 안주머니에서 전술용 라이트를 꺼내 켠 강민규가 사방을 비췄다. 라이트 불빛은 정면에 보이는 분홍색 문에 멈췄다.

"저기가 안방 같네."

오재민이 한 손에 삼단봉을 꺼낸 채 조심스럽게 문고리를 돌렸다. 항상 잠겨 있다던 문은 힘없이 열리면서 둘을 어둠 속으로 초대했다. 재빨리 안쪽을 비춘 강민규가 오재민에게 말했다.

"없어. 아무것도."

"방심하지 말라우."

북한 말투로 장난스레 말한 오재민이 안으로 들어갔다. 창가에 시트가 벗겨진 침대가 보였고, 그 옆으로 큰 붙박이 옷장이 있었다. 문 옆에는 거울이 붙은 대형 화장대가 있었다. 잡동사니를 놓아둔 조립식 가구가 빈 벽에 붙어 있었고, 위에 있던 잡동사니들엔 먼지가 하얗게 쌓여 있었다. 그 모습을 본 강민규가 중얼거렸다.

"다 청소하지 않고 침대 쪽만 청소한 모양이네. 청소업체는 보통 방 안에 있는 걸 싹 다 치우는데 말이야."

뒤이어 침대를 살핀 강민규가 옷장 쪽을 향하는 오재민에게 말했다.

"결박한 흔적 같은 건 없다고 했어."

"니코틴을 마시면서 고통을 참았다는 얘긴데, 그게 가능한가?"

"만약 그랬다면 적어도 강제로 마셨다거나 소리를 칠 수 없는 상황은 아니었다는 뜻이지."

대답을 한 오재민이 옷장 문을 열었다. 이불과 옷을 같이 넣어두는 공간이었는데 이불을 넣어둔 곳은 텅 비어 있었다. 이리저리 살피던 오재민이 말했다.

"뭔가 이상한데?"

"뭐가?"

강민규가 다가오면서 묻자 오재민이 이불장의 바닥을 가리켰다.

"여기가 살짝 꺼져 있어."

"음……?"

오재민이 침대를 바라보며 말했다.

"이불들이 여기 있었을 거 아니야. 다 해봤자 무게가 얼마나 되겠어?"

오재민이 강민규를 바라봤다. 강민규가 짧게 대답했다.

"누군가 여기 숨었네."

"아마, 남편의 불륜남이었을 거야."

"안에 숨어 있다가 오진경이 돌아와서 잠이 들 때까지 기다렸다가 니코틴 용액을 입으로 부은 게 틀림없어."

강민규의 얘기를 들은 오재민이 손가락으로 턱을 만지작거리며 말했다.

"만약, 옷장에 누군가 숨어 있다가 잠자고 있던 오진경을 죽였다면 그다음에는 어떻게 빠져나갔을까?"

"그거야."

현관 쪽을 바라본 오재민이 대답했다.

"저 문이 열렸잖아. 저기로 나갔겠지. 남편이 진술한 걸 보니까 방문을 열고 시신을 발견한 후에 열쇠 수리공을 돌려보내고 혼자 있었어. 경찰이 올 때까지."

"그럼 그사이에 나갔겠네. 여기 밖으로."

강민규는 서둘러 현관 밖으로 나갔다. 아까 올라온 계단을 바라보고는 얼굴을 찡그렸다.

"복도에는 CCTV가 없네."

뒤따라 나온 오재민이 말했다.

"1층 현관에 있는 거 봤어."

"지워졌겠지. 사건이 벌어진 지 꽤 지났잖아."

"그럼 더 자백하지 않겠네. 둘이 사랑한다고 살인까지 불사했잖아."

빌라 밖으로 나온 강민규가 어둠이 깔린 거리를 보면서 손에 들고 있던 전술용 라이트를 끄고 점퍼 안주머니에 넣었다. 뒤따라 나온 오재민이 투덜거렸다.

"따뜻한 남쪽 나라인 줄 알았더니 더럽게 춥네 진짜."

"일단 어디 가서 저녁이나 먹자."

"젠장, 그 년놈들, 아니 놈놈들은 따뜻한 방에서 좋다고 뒹굴고 있을 텐데."

운전석 문을 열고 안으로 들어간 강민규가 시동 버튼을 누르면서 말했다.

"죄수의 딜레마 게임을 해야겠네."

"지금 한가하게 게임이나 하겠다고?"

오재민의 말에 강민규가 아무 말 없이 핸들을 잡았다.

다음 날 오후, 강민규는 김선애 변호사의 전화를 받았다. 핸즈프리 기능을 누르자 그녀의 목소리가 차 안에 울려 퍼졌다.

"지금 어디예요?"

"서울로 올라가는 중입니다. 운전 중인데 더럽게 막히네요."

"경찰한테 방금 연락을 받았는데요, 김규찬 씨가 자수를 하겠대요."

김선애 변호사의 얘기를 들은 강민규가 조수석에 앉아 있던 오재민을 바라보면서 피식 웃었다.

"성격 한번 급하네 진짜."

"어떻게 된 거죠? 물론 해결할 거라고 생각했지만 이렇게 빨리 할 거라고는."

"그 친구랑 게임을 좀 했어요. 죄수의 딜레마 게임."

"죄수의 딜레마는 또 뭔데?"

오재민의 물음에 강민규가 말했다.

"그러니까 범죄를 저지른 죄수들을 따로따로 가둬놓은 다음에 수사관이 제안하는 거야. 가장 먼저 자백하면 1년, 다음에 자백하면 5년, 마지막에 자백하거나 입을 다물면 15년 형을 받게 될 거라고. 만약 그들이 같이 있었다면 서로 눈치를 보느라 입을 열지 않겠지만, 따로따로 고립되어 있다면 형량을 적게 받으려고 먼저 입을 열겠지."

핸드폰으로 설명을 들은 김선애가 얘기했다.

"어제 둘이 어떤 식으로 살인을 저질렀는지 설명한 메일은 잘 받았어요. 그래도 물증이 없는 상태라 자백받기도 쉽지 않을 거라고 봤는데……"

"그게, 황성환이 특수 청소업체를 불러서 아내가 죽은 침대 시트와 이불 그리고 베개를 처리했어요."

"알고 있어요. 그래서 경찰도 물증을 못 찾고, 법원에서도 살인죄에 대해서는 무죄 판결을 내렸잖아요."

"어제 황성환의 불륜남 김규찬에게 대포폰으로 사진 몇 장을 보냈어요."

"무슨 사진을요?"

"죽은 오진경 씨의 토사물이 묻은 베개와 이불, 시트 사진이요. 그리고 간단하게 적었어요."

"뭐라고요? 업체에서는 이미 처리했다고 했잖아요."

"업체에서 현장 사진을 받아서 살짝 포토샵을 했어요. 그리고 여기에 너에 대한 미세증거가 가득한데 형량을 조금이라도 덜 받고 싶으면 자수하라고요."

"그런다고 불리한 증언을 했다는 게 믿기지 않아요."

김선애 변호사의 이해가 가지 않는다는 물음에 강민규가 낄낄거리며 말했다.

"그 밑에 조금 더 적었죠. 세 시간 안에 자수하지 않으면 같은 내용의 메일을 당신 애인한테도 보내겠다고. 당신 애인이 먼저 자수하면 당신이 주동자로 몰려서 더 큰 형량을 받을 수 있다고 마무리했고요."

"그러면 황성환한테 전화해서 확인하지 않았을까요?"

"했죠. 그런데 황성환이 전화를 못 받았어요. 아니, 받을 수가 없었죠."

"그건 또 무슨 소리?"

강민규가 손짓을 하자 조수석의 오재민이 대신 대답했다.

"오늘 오전에 우리랑 만났거든요. 그때 그 친구 휴대폰에 장난을 좀 쳤어요."

"장난이요?"

"네, 황성환 휴대폰을 슬쩍해서 김규찬 전화를 차단해 놓았죠. 다행히도 휴대폰에 잠금장치도 안 해놨더라고요. 그리고 계속 질문하고 물어보면서 황성환이 휴대폰을 제대로 못 보게 만들었죠."

김선애 변호사가 이해했다는 듯 가볍게 웃었다.

"꼼짝없이 당했군요."

"저는 시키는 대로 했고, 주동자는 강민규 씨입니다."

잠시 웃던 김선애 변호사의 목소리가 핸즈프리 기능을 통해 자동차 안에 울려 퍼졌다.

"아무렴요."

강민규가 핸들을 잡은 채 말했다.

"아무튼 이번 건은 금액 잘 처리해주세요. 믿습니다, 변호사님."

"알았어요. 보스한테 말할게요. 그리고 김규찬이 경찰한테 자수하면서 그랬대요."

"뭐라고요?"

"본능이 이끄는 대로 사랑한 게 잘못이냐고."

그 얘기를 들은 오재민이 대꾸했다.

"사랑을 하건 말건 상관은 없는데 자기들 좋으라고 애먼 사람을 죽이면 공화국에서는 총살감이에요, 총살감."

"대한민국에 태어난 걸 다행으로 생각해야겠네요. 그리고 지난번 사건 말이에요."

그녀의 말에 강민규가 대답했다.

"오피스텔에서 남자가 여자를 죽이고 자살한 건 말이죠?"

"남자가 컴퓨터에 남겨놓은 유서가 발견되었나봐요."

"뭐라고 남겼는데요?"

"그녀와 종점이 없는 마지막 여행을 떠난다고요."

"나름 아름다운 사랑이라고 생각했나보네."

오재민이 답했다.

"누구나 여행을 꿈꾸긴 하죠. 아무튼 수고하셨고, 보스가 빠른 시일 내에 저녁 약속 잡겠다고 했어요."

"이번엔 거 미슐랭인가 뭔슐랭가 한번 가는 겁니까."

가늘게 웃는 그녀의 목소리가 사라지자 잠시 침묵이 흘렀다. 침묵이 어색했는지 오재민이 라디오를 켰다. 지직거리는 잡음이 들리고 아나운서의 목소리가 들렸다.

이번 신청곡은 폴란드 작곡가 얀 A. P. 카츠마렉이 작곡한 〈언페이스풀〉입니다. 2002년에 개봉한 동명의 영화 〈언페이스풀〉의 오리지널 사운드트랙이죠. 신비로운 매력의 젊은 남성 폴에게 빠져드는 유부녀 코니 역의 다이앤 레인의 연기가 참 인상적이었죠. 금지된 사랑을 꿈꾸고 계신가요? 사랑을 금지하는 건 정말 어려운 일이죠……

아나운서의 목소리가 끝나고 어딘가 서글픈 피아노 음률이 흘러나왔다. 두 사람은 아무 말 없이 조용히 라디오에서 나오는 음악에 귀를 기울였다.

 얀 A. P. 카츠마렉, 〈언페이스풀〉 오리지널 사운드트랙

작가의 말

故 정아은 작가를 기리며

(1975~2024)

장강명

2024년에 정아은 작가를 세 번 만났는데, 두 번째 만났을 때에는 함께 북토크를 했다. 도봉산 등산로 입구에 있는 김근태기념도서관에서였다. 4월 말, 그것도 일요일에 열린 행사라 도서관 주변이 등산객으로 붐볐다.

북토크 주제는 '당신은 어떻게 글을 쓰고 있나요?'였는데, 정아은 작가가 그때 마침 작법서이자 에세이인 《이렇게 작가가 되었습니다》를 출간한 참이었다. 그래서 책을 낸 마름모 출판사의 고우리 대표도 함께 왔다. 저 책에는 내 얘기가 꽤 나온다. 서로 다른 소설가의 이야기인 것처럼 나오는 일화 세 개가 사실 다 내 얘기다. 출간 직후 책을 읽고 나서 "제 얘기가 여러 번 나오던데요?" 하고 말하자 정아은 작가는 "여러 번 나오죠?" 하고 웃었다. 나중에 저 책에 내 일러스트까지 나올 뻔했다는 이야기를 고우리 대표로부터 전해 들었다.

북토크에서는 늘 그렇듯이 횡설수설했다. 정아은 작가가 자신의 책 《전두환의 마지막 33년》 얘기를 열심히 하기에 "여러분, 김근태기념도서관에서 전두환 재평가를 말하는 작가가 있습니다"라고 내가 놀렸더니 객석에 있던 사람들이 크게 웃었다. 그날 유일하게 성공한 농담이었다. 객석에는 나와 같이 '한우 작가'라는 이름의 친목 모임 멤버인

정명섭 작가와 차무진 작가가 앉아 있었다. 두 사람은 봄에 등산로 앞에서 맥주 한잔 마셔야 하지 않겠는가 뭐 그런 취지로 행사에 놀러 왔다.

정명섭 작가와 차 작가는 정아은 작가를 그날 처음 만나는 거 같았다. 그런데 정아은 작가가 〈한겨레〉 서평 칼럼에서 차 작가의 소설집 《아폴론 저축은행》을 다루며 대호평한 적이 있었고, 정명섭 작가와 고우리 대표는 같이 앤솔러지 작업을 한 적이 있었다. 나는 정아은 작가와는 함께 '월급사실주의' 동인이고, 고우리 대표와는 함께 '성북구 비문학 한 책' TF 운영위원이었다. 정아은 작가의 지인인 소향 작가도 행사에 왔는데, 나와는 초면이었다. 소향 작가는 뮤지컬 공짜 표가 생겼는데도 거절하고 북토크에 왔다고 했다.

김근태기념도서관을 나와 어슬렁어슬렁 걷다가 다 같이 맥주를 마시러 가기로 했다. 모든 가게들이 등산객으로 가득 차 있어서 여섯 명이 들어갈 수 있는 장소를 찾아 한참 헤맸다. 그러다가 '막둥이네 만남의 장소'라는 가게에 가서 6인용 테이블에 앉았고, 치킨과 골뱅이소면과 마른오징어를 먹으며 생맥주를 마셨다. 골뱅이소면이 오자 차 작가가 주방에 비닐장갑을 달라고 하더니 그걸 낀 손으로 골뱅이와 소면을 열심히 비볐고 정아은 작가가 그 모습에 입을 떡 벌렸다.

　소설가 다섯 사람과 출판사 대표 겸 편집자 한 사람이 치킨과 골뱅이소면을 먹으며 무슨 문학적인 이야기를 나눴느냐 하면 그런 건 없었다. 이 집 치킨 진짜 맛있네요, 골뱅이를 원래 그렇게 손으로 비벼 먹는 거예요? 김근태기념도서관이 무슨 건축상을 받았대요, 이 가게 주인이 막둥이라서 막둥이네인 걸까요, 주인 자식 중에 귀여운 막둥이가 있어서 사람들이 막둥이네라고 부른 걸까요, 그런 얘기를 나눴다.

　다들 인터넷에서 본 재미있는 이야기들을 말하는 와중에 내가 '불륜 카페'에 대해 아느냐며 썰을 풀었다. 글쎄 불륜 남녀들이 모여서 신세 한탄하고 서로 상담해주는 카페가 있다니까요, 회원이 몇만 명이래요, 은어를 엄청 많이 쓰는데 예를 들어 'ㄱㄴ'은 기혼남을 말하는 거예요, 사연 보면 은근히 눈물 나는 것도 있어요, 이 시대의 진정한 사랑이에요. 다들 귀를 쫑긋 세우고 들었고, 각자 어딘가에서 들은 불륜 사연을 늘어놓기도 했다.

　그러다 내가 "우리 같이 불륜 앤솔러지나 해볼래요?" 하고 말했다. 한우 작가들 사이에서는 술을 마시다 재미있는 화제가 나오면 "우리 같이 그걸로 앤솔러지나 해볼래요?" 하는 게 오랜 전통이었다. 그런데 그때까지 말없이 구석에서 맥주를 마시던 고우리 대표가 자리에서 펄쩍 뛰어오르는 바람에 다들 깜짝 놀랐다. 그녀는 앉은 자세 그대로 30센티미터쯤 공중으로 솟구쳤다. 어느 도사가 공중부양을 했어도 그렇게 하면 충격적이었겠지만 고 대표는 원래 늘 차분하고 시크한 분위기라 더 충격적이었다.

"그럼 여기 술값은 대표님이 내시는 거예요?" 하고 물었더니 고 대표는 "당연하죠!"라고 힘주어 대답했다. 나머지 다섯 사람은 "오, 좋다, 좋다, 해요" 하면서도 자신들이 지금 농담을 하는 건지 진담을 하는 건지 헷갈리는 상태였다. 고 대표는 그때부터 갑자기 말이 많아져서 굉장히 진지하게 '불륜 앤솔러지'는 부담스럽다, '금지된 사랑 앤솔러지'로 타이틀을 정하는 게 어떻겠느냐는 등의 아이디어를 말했다.

너무 배가 불러서 2차는 도저히 다른 술집으로 갈 수가 없었다. 지하철역 근처의 커피점에서 커피를 마시며 수다를 더 떨었고, 커피 값은 차 작가가 냈다. 고 대표가 다섯 소설가의 사진을 찍었다. 나는 어릴 때 어머니에게서 들은 이야기로 단편을 쓰겠다고 공언했다. 어머니의 지인의 지인이 불륜 끝에 정신이 이상해져버렸다는 이야기였다. 불륜 앤솔러지 마감은 11월 30일로 정했다. 그렇게 도봉산 정기를 받으며 남자 셋 여자 셋이 불륜을 결의했다. 전두환도 재평가하고 불륜도 결의하는 날이었다.

결국 마감을 지킨 사람은 아무도 없었다. 12월 2일이 되자 고우리 대표가 마름모의 여러 SNS 계정에 4월에 커피점에서 찍은 사진을 올리고 그 아래 '이 작가님들을 모아서 앤솔러지를 준비 중이다. 그런데 입고일이 지났는데 왜 원고를 안 주시지' 하고 썼다. 지나가던 출판계 관계자들이 다들 참신하면서도 잔인한 원고 독촉 방법이라며 댓글을 달았다. 나는 고 대표가 이런 상황을 다 예상하고 사진을 찍은 것이었나 하고 감탄했다.

그나마 내가 제일 먼저 초고를 마쳤다. 어머니의 지인의 지인 이야기를 극중극 형태로 쓰려고 했는데 쓰다보니 액자에 머물러야 할 인물들의 사연이 길어졌고, 결국 그냥 액자가 그대로 단편소설이 되었다. 원고를 쓰는 동안 아쿠타가와 류노스케의 단편집을 읽었기에 그 얘기도 넣었고 휴대용 블루투스 스피커 겸 조명 장치도 한 대 샀는데 그 얘기도 써먹었다. 〈투란도트〉의 아리아들을 들으며 썼다. 내가 도대체 뭘 쓴 거지 싶었는데 어떻게 써지긴 했다.

고우리 대표는 원고를 마음에 들어하는 것 같았다. 깊

이도 있고 층위도 다양하고 불륜 이야기인데 사랑 이야기이고 인간에 대한 이야기라고 했다. 그렇게 읽으셨다면…… 그런 거겠지요! 제일 먼저 원고 보낸 사람에게 무조건 칭찬을 해주기로 결심한 것 같기도 했지만. 정아은 작가가 기가 죽어서 못 쓰겠다는 둥, '원고를 늦게 보내면 사지를 찢어버리겠다'는 말을 고우리 대표가 장강명 작가에게만 했기 때문에(당연히 그런 말 한 적 없고 내가 농담한 거) 자기가 다급하지 않아서 글을 못 썼다는 둥 엄살을 부렸다.

며칠 뒤 정아은 작가가 사고로 세상을 떠났다.

나는 순천향병원 장례식장 입구에서 한우 작가들을 만나 함께 조문했다. 고우리 대표는 그날 아침부터 빈소에서 유족들을 돕고 있었다. 소향 작가는 빈소 접객실에서 만났다. 자리에 앉은 사람들은 다들 뭐라고 말해야 할지 몰라 멍하니 있었다. 깡소주를 마시며 흐느끼는 사람도 있었다. 소향 작가는 그날 내내 말이 없었다. 나는 침묵이 싫어서 실없는 소리를 지껄였다. 아, 정아은 작가님이 서평을 참 잘 썼는데. 아, 정아은 작가님이 책을 정말 많이 읽으셨죠. 아, 〈한겨레〉에서 부고 기사를 잘 써주셨어요.

장례식장에서 나와 호프집에 갔다. 한강호프&치킨. '한강'에서는 노란색, '호프'에서는 빨간색, '&'에서는 파란색, '치킨'에서는 녹색 빛이 나오는 간판이 걸려 있고, 그 옆에 '어서 오세요'라는 글자가 오르내리는 네온사인이 있고, 냉장고에서는 푸른 형광이 나오고, 가게 안에 화장실은 뒷문으로 나가서 왼쪽으로 돌아서 가야 한다고 적힌 커다란 현수막이 걸려 있는 그런 술집이었다. 사람들이 가득 차서 북적거렸기 때문에 뭔가를 말하려면 목에 힘을 줘야 했다. 부조리한 죽음을 소화하기에 최적의 장소였다. 〈아무도 잠들지 마라〉가 울려 퍼졌다면 더 좋았을 텐데.

우리는 행복할 때 치킨이나 골뱅이소면이나 인터넷에서 본 재미있는 썰에 대해 이야기하고, 불행할 때 문학을 이야기한다. 나는 문예지가 사회 비평을 싣는 것 좀 안 했으면 좋겠다고 말했다. 자기들이 역량이 안 된다는 사실을 모르나봐요. 열아홉 살 이후로 대학 밖으로 한 발도 나간 적이 없는 인간들이 한국 사회가 어떻다면서, 무슨 작품에서 그런 사회 현실을 해석해내려고 애쓰고 있다니까요. 하도 현실 인식이 유치해서 이건 뭐 대학원생이 썼나 하고 확인해보니까 진짜 대학원생이 쓴 글이더라고요.

술을 아무리 마셔도 취하지 않았다. 그날 술값은 내가 냈다. 터벅터벅 지하철역으로 걸어가는 길에 우울증에 대해 이야기했다. 저 멘탈 강하지 않아요. 작년 말부터 올해 초까지 정신과 다녔어요. 그런데 지금은 다 나은 거 같아요. 내가 말했더니 멘탈이 강해 보였던 상대가 자신은 5년째 약을 먹고 있다고 했다. 서로 다른 노선으로, 다른 방향으로 지하철을 타고 또 갈아타면서 뿔뿔이 흩어졌다. 그렇게 술을 마셨는데 왜 취하지 않는 걸까? 왜 화장실조차 가지 않는 걸까? 산다는 게…… 꿈을 꾸는 것 같았다.

차무진

계절성 우울증을 앓는 나는 봄이 되면 안도한다. 3월이 되면 그제야 호흡기와 주렁주렁 달린 관들을 떼고 바퀴 달린 침대에 실려 회복실로 들어가는 기분이다. 과장이나 엄살이 아니라 진짜다. 겨울이 싫어진 건 재수할 때부터였던 것 같다. 그때부터 30여 년간 겨울은 나에게 고래의 배 속이었고 지금도 그렇다. 겨울은 어두컴컴한 작업실에서 일하든 하지 않든 갇혀 지내야 하는 기간이다. 봄이 오면 바빠진다. 좀 쐴었던 몸에 볕을 쪼여야 하고, 바람의 기운도 밤하늘의 온기도 접한다. 1년 중 유일하게 옷을 사 입는 계절이기도 하다. 꽃향기가 나면 내 못생긴 콧구멍도 모처럼 호강한다. 나는 봄에 산에 가는 것을 좋아한다. 사실 봄 산은 촌스럽다. 신록이 빼곡하게 덮은 여름 산이나 오색의 가을 산, 눈 덮인 겨울 산만큼 아름답지 않다. 젖고 차가운 땅에 성기고 제멋대로 핀 꽃들의 색은 아무리 봐도 어우러지지 않는다. 노란 개나리가 깔린 기슭에 진달래의 보라색이라니. 벚꽃 역시 자기들끼리 있을 때나 예쁘지, 다른 나무들과 섞이면 영. 그런데도 내가 봄 산을 좋아하는 이유는 아직 남은 한기를 뚫고 슬금슬금 올라오는 그것들이 나와 비슷하다고 생각했기 때문일 것이다.

봄에 나는 귀신 생각을 많이 한다. 귀신이 겨울이나 여름에 나타나면 멋이 없다. 자고로 백魄의 집합체인 귀신의 존재는 음의 기운이다. 그렇기에 그놈들이 출현하는 때는 봄이 적격이다. 세상 기운은 음과 양, 차가운 것과 더운 것의 교차다. 겨울과 여름의 중간에 있는 지점이 봄과 가을이다. 봄은 겨울이 여름이 되려는 변형물이고 가을은 여름이 겨울이 되려는 변형물이다. 귀신은 그 변화의 불균형하고 무질서한 지점에 나타나야 한다. 소설이나 영화 시나리오에서 귀신을 다루려면 작중 배경이 그래서 여름이 아니라 봄과 가을이어야 한다고 굳게 믿는다. 여름 배경의 귀신 이야기가 성행하는 것은 더운 시간을 오싹하게 즐기려는 인간의 이기적(?) 마음 탓이리라.

단편 〈빛 너머로〉의 배경은 단연히 봄이었다. 봄꽃처럼 화사한 노인의 외로움과 귀신 이야기를 쓰고 싶었다. 이 소설집이 '인간이 일상에서 감히 헤아릴 수 없을 만큼 지독하게 금지된 사랑'이 주제인지라 풀어내기가 쉽지 않았다. 쓰는 내내 봄을 생각했고 그래서 서사가 잘 풀렸다. 작품을 쓸 때 나는 작중 배경과 반대의 계절에서 작업하는 경우가 많았다. 이를테면 겨울 꽁꽁 언 북쪽의 귀주성을 배경으로 한 소설 《여우의 계절》은 한여름 에어컨이 빵빵 도는 카페에서 썼다. 이번 단편 〈빛 너머로〉 또한 봄을 배경으로 했고 가을에 마무리했다. 그러다가 퇴고 시점에서 작중 계절을 가을로 바꾸었다. 말했듯이 괴력난신의 이야기는 봄이 제격이라고 생각하지만, 이번 작품은 봄으로 둘 수가 없었다. 그 봄에 만난 사람이 이 겨울에 떠난 게 슬펐고 자꾸 그때가 생각났다. 그해 봄에 나는 멋진 사람들을 많이 만나게 되었는데, 그도 그중 한 사람이었다. 그 봄에 나는 그와 이들과 이 소설집을 내기로 했고, 이 겨울에 봄에 만난 그와 이별했다. 때문에 그 소설집에 넣은 작품에 그 계절을 함부로 쓰지 못하겠다. 작품이 슬퍼 내가 슬퍼진 일은 있었지만, 작품의 추억이 슬퍼 내가 슬퍼진 일은 처음이었다. 작가가 제 작품을 읽는다는 것은 꽤 민망한 일일 수 있지만, 이 단편을 꽤 집중해서 썼기에 종종 읽고 싶어질 것 같다고 생각했다. 하나 이제 그럴 수 없을 것 같다. 함께 만들기로 한 작품집이 그 없이 출간되어 슬프다. 작중에 그를 의미하는 이스터 에그를 심어두었다.

소 향

"나 '금지된 사랑'이라는 주제로 소설을 쓰게 됐어."

작가가 아닌 가까운 이들―모두 성실한 시민이죠―에게 이 말을 꺼내면 하나같이 비슷한 반응을 보였습니다. 진짜? 너무 재밌겠는데? 완전 기대돼. 내가 이번 책은 꼭 산다, 어떤 얘기 쓸 거야? 내가 아는 사람이 말이지 등등의 말을 꺼내며 커다란 호기심을 드러냈죠.

주제를 받아 들고 여러 사례를 떠올려보았어요. 예전부터 금지된 사랑은 여러 문학과 예술 작품, 영화의 단골 소재였습니다. 〈가을의 전설〉, 〈언페이스풀〉, 〈로미오와 줄리엣〉, 〈닥터 지바고〉, 〈브로크백 마운틴〉 그리고 금지된 사랑은 아니지만 학창 시절 저를 답답하게 만들었던 〈사랑 손님과 어머니〉까지 떠오르더군요.

왜 사람들은 금지된 사랑에 이렇게 지대한 관심을 보이고 어떤 이들은 기꺼이 그 속으로 뛰어드는 걸까요? 하지 말라면 더 하고픈 금기의 매력, 몰래 만날 때 느끼는 강렬한 감정과 스릴, 불안정해서 더 열정적일 수 있는 관계, 그리고 기존의 규범을 거스르고 싶은 욕구나 현실도피일 수도 있을 것 같습니다.

단편 〈포틀랜드 오피스텔〉은 금지된 사랑으로 삶이 바뀐 남녀의 이야기입니다. 금지된 사랑의 범위는 매우 넓지만, 처음이니만큼 남녀 간의 이야기를 써보기로 했습니다.

만으로 서른일곱과 서른여덟의 여름에 저는 포틀랜드에 있었어요. 주인공 시현처럼 아이들을 데리고 서머 캠프에 갔더랬죠. 소설에 나오는 공간적 배경은 제가 갔던 곳 중에 골랐습니다. 그곳에서 좋은 사람들을 만났고 추억을 쌓았기에 언젠가는 포틀랜드를 배경으로 소설을 써보고 싶다는 생각을 한 적이 있어요(오해 마세요. 배경만 가져왔을 뿐, 저나 지인의 이야기가 아닙니다). 그래서인지 이 소설을 쓰게 되었을 때 〈포틀랜드 오피스텔〉이라는 제목이 밑도 끝도 없이 생각났습니다. 포틀랜드를 배경으로 쓸 때가 왔구나 싶었어요. 같은 공간에서 서로의 영혼이 중첩되고 안식을 누리는 남녀의 이야기가 조금씩 떠오르기 시작했습니다.

소설을 쓰면서 만약 운명적인 금지된 사랑이 찾아온다면, 평범한 사람들은 어떤 선택을 할까 생각해봤어요. 일시적인 호감이나 권태에서 벗어나려는 이유로, 또는 단순한 유희나 인정 욕구 때문에 금지된 사랑에 빠지는 경우는 논외로 하겠습니다. 그건 '사랑'이라고 할 수 없으니까요.

사람들의 비난이 쏟아질 것은 자명하고 직장이나 가족을 잃게 될 텐데도 금지된 사랑을 거부하지 못하고, 그것도 모자라 그와 새로운 삶을 시작하려 한다면? 그건 '운명'이라 인정해줘야겠다는 생각이 들기도 하더군요.

    이 앤솔러지를 쓰기로 한 날은 제게 잊을 수 없는 하루입니다. 2024년 4월, 참 아름다운 봄날이었어요. 정아은 작가님과 장강명 작가님이 도봉산 아래 김근태기념도서관에서 북토크를 하신 날입니다. 북토크를 마치고 차무진, 정명섭, 장강명, 정아은 작가님 그리고 마름모 출판사의 고우리 대표님과 저는 늦게까지 즐거운 회식을 했어요. 그날 우리는 참 많이 웃었어요. 그리고 대화를 나누다가 나온 '금지된 사랑'이라는 주제로 앤솔러지를 하면 어떻겠냐는 의견이 나왔지요. 자리에 계신 작가님들 이미지와 상반되는 주제라 더 재밌을 것 같았어요. 정아은 작가님은 단편 작업은 잘 하지 않으시지만, 이 작가들과 함께라면 하고 싶다고, 다른 작가 분들보다 조금 늦게 참여 의사를 밝혀주셨어요.

    무척 설렜습니다. 앤솔러지가 아니라면 쓸 생각 못했을 주제였고, 제가 무척이나 좋아하는 작가님들과 함께한다는 게 '성덕'이 된 기분이었죠. 그리고 헤어질 때 아은 작가님이 저를 꼭 안아주셨어요.

    정아은 작가님은 말 그대로 햇병아리인 제게 여러 기회와 지지를 보내준 분이었어요. 그날 북토크에 모인 수십 명의 작가 지망생 앞에서 제게 마이크를 넘겨 5분 가까이 시간을 할애해주셨죠. 어느 선배가 본인 북토크에서 후배에게 자기 작품을 알릴 기회와 시간을 줄까요. 뛰는 심장을 가라앉히기 힘들었어요. 그날뿐만이 아닙니다. 저를 전혀 모를 때 연재하시던 〈한겨레〉 '정아은의 책들 사이로' 칼럼에 두 번이나 제 작품을 소개해주셨어요. 신인 작가에게 자신의 작품을 알아봐주는 선배가 어떤 의미인지 그때 여실히 느꼈습니다. 작가님은 특유의 명료하고 군더더기 없는 문장으로 제 작품을 저보다 더 깊게 이해하며 칼럼을 써주셨어요. 또 바쁜 중에 제 북토크에 홀로 와주시거나 '소설가 50인이 뽑은 올해의 소설'에 저의 첫 장편을 추천해주셨고, 주위 선배 작가님들에게 읽어보라고 소개해주시기도 했죠. 저는 이 모든 걸 나중에야, 또는 다른 사람을 통해, 심지어 어떤 건 장례식장에서 알게 되었어요. 한 번도 제게 생색을 내거나 먼저 얘기하신 적이 없었거든요. 제가 뭔가를 해줬냐 물으신다면, 정말이지 해드린 게 하나도 없습니다. 놀라울 정도로 제게 무언가 바란 적이 한 번도 없으셨어요. 저는 그저 작가님께 대가 없는 순수한 호의를 여러 차례 입었습니다. 그렇게 정아은 작가님은 세상과 사람 마음을 꿰뚫는 통찰력을 가졌으면서도 계산이라는 걸 모르는 순수한 분이었어요.

    작가님을 알면 알수록 좋아하지 않을 수가 없었습니다.

특히 작가님의 빼어난 글에 빠져들었어요. 소설, 에세이, 칼럼, 정치서까지. 글을 쓰기 위해 태어난 분 같았죠. 작가님의 글 또한 저에게 일종의 수혜였습니다. 그 밖에도 작가님께 받은 게 너무 많은데, 그런 아은 작가님이 이제는 다른 세상에서 우리를 지켜보고 계세요. 정말이지 어째야 할지 모르겠습니다.

이 책이 정아은 작가님의 빈자리를 품고 세상에 나오게 된 건 너무나 슬픈 일입니다. 하지만 작가님은 적어도 제 마음속에서는, 제가 살아 있는 한 계속 함께 계실 거예요. 저는 그걸 알고 있습니다.

존경하고 흠모했던 아름다운 분, 불의에는 냉철하게 정면으로 맞서면서도 약자와 후배에게는 한없이 따뜻했던 나의 우상, 정아은 작가님, 나중에 다시 만나면 아름다웠던 그 봄날처럼 꼭 안아주세요.

정명섭

이 앤솔러지의 시작은 무더운 여름 김근태기념도서관에서 열린 정아은, 장강명 작가의 북토크였습니다. 두 분은 강연이 끝나고 멀리서 찾아온 우리에게 시원한 맥주를 대접해주셨습니다. 그리고 옹기종기 모여서 얘기를 나누다가 '금지된 사랑'이라는 타이틀의 앤솔러지가 즉석에서 기획되고 계약까지 진행되었습니다. 그 자리에 있던 마름모 출판사 고우리 대표님이 선뜻 하겠다고 나서주신 덕분이죠.

사람들은 여러 작가의 단편을 모아서 내는 앤솔로지가 어떤 과정을 거쳐서 만들어지는지 무척 궁금해합니다. 여러 가지 방식이 있고, 다양한 진행 과정들이 있습니다. 지금까지 수십 권의 앤솔러지를 기획하고 참여해봤지만 똑같은 과정을 겪은 적은 없습니다. 기획에서 계약까지 하루가 걸릴 때도 있고, 몇 년이 소요될 때도 있죠. 고민하다가 나온 주제도 있고, 술을 마시거나 차를 마시면서 얘기를 나누다가 불쑥 주제가 생각날 때도 있었습니다. 출판사의 요청으로 먼저 시작한 적도 있고, 작가들끼리 의기투합해서 만든 적도 있습니다. 이번 경우는 후자에 가까운데 한 가지 다른 점은 거기에 출판사 대표님이 있어서 바로 계약을 추진할 수 있었다는 점이죠. 지금도 그때의 분위기가 떠오릅니다. 김근태기념도서관이 도봉산 초입에 있었고, 맥주를 마시던 곳

작가의 말

도 근처라서 등산객들로 떠들썩했거든요. 그런 시끌벅적한 분위기 속에서 서로 웃고 떠들면서 앤솔러지가 기획되었습니다.

    계약은 일사천리로 진행되었고, 출판사 대표까지 포함된 단톡방은 조용하다가 누군가 글을 남기면 기다렸다는 듯 답변들이 줄줄이 달리면서 웃고 떠드는 분위기가 이어졌습니다. 저는 글을 사랑하고 다른 작가들을 좋아합니다. 그래서 부족한 재능을 많은 노력으로 보충하면서 필사적으로 버티고 있죠. 단언하건대 세상의 그 어느 업계도 출판계만큼 인간적이지는 않을 겁니다. 그 이유로 돈을 벌지 못해서 착한 사람들만 남았기 때문이라고 웃으면서 말하곤 합니다. 그런 측면에서 앤솔러지는 저에게 맥주 같은 존재입니다. 목마름을 채워주고, 친한 사람과 더 많은 친분을 쌓게 만들어주니까요. 저의 글과 함께 실린 다른 작가님의 글을 읽으면서 무엇이 부족하고 그것을 어떻게 채워야 하는지도 깨달을 수 있는 기회입니다. 글은 늘 촉각을 곤두세우고 도전하면서 써야 하는데 앤솔러지는 그것을 가능하게 만들어줍니다. 내가 좋아하는 작가님들에게 부끄럽지 않은 글을 쓸 수 있는 원동력이 되기도 하고요. 그래서 고등학교를 졸업하고 회사원과 커피를 만드는 바리스타를 거쳐서 작가가 되었고,

지금까지 작가의 길을 걸을 수 있었던 거 같습니다.

그래서 저는 앤솔러지를 사랑합니다. 제가 좋아하는 작가님들과 손잡고 짧고 재미난 이야기들을 만들어낼 수 있으니까요. 제 이름 옆에 제가 좋아하는 작가님들의 이름이 함께 새겨지고, 그것을 마음이 맞는 출판사에서 만들어준다는 건 작가로서나 한 인간으로서나 참으로 행복하고 유쾌한 일입니다. 이번 앤솔러지 역시 그랬고, 이후에 마감에 전전긍긍하면서도 그때의 기억은 저를 종종 웃음 짓게 했습니다.

무엇을 쓸까 고민하다가 추리소설가이고 범죄 관련 자료들을 남들보다 많이 접한다는 점을 고려해서 미스터리로 풀어보기로 했습니다. 저는 범죄 관련 자료들을 볼 때마다 과연 인간은 선한 존재인가라는 생각을 하게 됩니다. 그런 의문점들은 저로 하여금 범죄에 관한 이야기를 풀어내는 원동력이 되어줍니다.

범죄의 상당 부분은 인간의 감정에서 비롯됩니다. 우리나라에서 벌어지는 살인 사건은 한 번이라도 얼굴을 본 사람들 사이에서 벌어진 것이 대부분입니다. 복잡하고 깊이를 알 수 없는 인간의 마음은 때로는 악마가 따로 없을 정도로 잔인하죠. 그리고 사랑이라는 핑계로 타인을 죽이거나 고통에 빠지게 하는 사람들도 너무나 많습니다. 인간의 사랑은 오랜 기간의 경험으로 인해 법적으로 몇 가지 제약이 있습니다. 중혼이 금지되어 있으며, 대한민국에선 아직 동성 간의 결혼은 불법입니다. 가까운 친척 간의 혼인도 금지되어 있습니다. 그래서 사랑한다는 이유로 범법자가 되는 일들이 종종 벌어집니다. 제가 쓴 단편 〈침대와 거짓말〉에 묘사된 사건들 역시 실제 벌어진 사건을 토대로 합니다. 인간은 사랑한다는 이유만으로 충분히 잔인해질 수 있는 존재임을 얘기하고 싶었습니다. 특히, 금지된 사랑 앞에서 말이죠.

마지막으로 사랑하는 정아은 작가님에 대해서 말씀드리고 싶습니다. 그분을 아는 사람이라면 모두 공감하겠지만 너무나 다정하고 배려심이 깊은 분이었습니다. 처음 만난 저에게도 몹시 친절하게 대해주셔서 금방 가까워졌습니다. 제가 졸업한 모교에 임시 교사로 일하게 되었다는 얘기를 듣고 전화했을 때에도 반갑게 받아주셨습니다. 좋은 학교이고, 많은 추억이 남을 것 같다고 말이죠. 곧 만나자고 얘기하면서 통화를 끝냈고, 진짜로 얼마 후에 만나리라는 사실을 믿어 의심치 않았습니다.
하지만 충격적이게도 얼마 지나지 않아 참담한 소식을 들었습니다. 처음에 소식을 접했을 때는 장난이라는 생각이 들었습니다. 아마, 받아들이고 싶지 않았기 때문이었겠죠. 장례식장에 도착할 때까지 믿기지 않았고, 다른 작가님과 만나서 얘기를 나눌 때까지도 받아들일 수가 없었습니다. 모든 죽음이 그러하겠지만 정아은 작가님의 죽음은 더 받아들이고 싶지 않았던 거 같아요. 빈소로 향하는 계단을 내려가고, 정아은 작가님의 이름이 적힌 조화들을 보면서도 설마 했습니다. 심지어 안에 들어가려고 신발을 벗을 때까지 아니라고 생각하고 싶었습니다. 아직 할 얘기가 많이 남았다는 아쉬움이 계속 저로 하여금 정아은 작가님의 죽음을 인정하지 못하게 만들었나봅니다.

유가족들에게 조의를 표하고 영정 사진을 보고서야 비로소 작가님의 죽음을 받아들이게 되었습니다. 죽음이란 무엇일까요? 살면서 많은 죽음을 겪었고, 저도 언젠가는 죽음을 맞이하겠지만, 여전히 작가님의 갑작스러운 죽음은 이해가 가지 않습니다. 정아은 작가님은 아직 죽음이라는 것을 맞이할 때가 아니라고 말이죠. 죽음이 징벌이라면 정아은 작가님은 영원히 그 징벌을 받을 일이 없을 것이라 믿습니다. 정아은 작가님은 늘 잔잔하게 웃으십니다. 그것이 얼마나 따뜻하고 위안이 되는지는 직접 그 미소를 보아야만 알 수 있을 겁니다. 제가 김근태기념도서관에서 열린 북토크 때 찍은 사진에서도 정아은 작가님은 작은 파도 같은 미소를 짓고 계셨습니다. 그리고 많은 사람들이 겪는 어려움에 대해서 늘 귀를 기울여주었다는 것을 장례식장에서 알게 되었습니다. 좋은 사람이라 가능한 포용이었고, 그래서 정아은 작가님의 죽음에 더 가슴이 아파왔던 것 같습니다.

원래 다섯 명의 작가로 시작한 이 앤솔러지는 그래서 네 명으로 마무리되었습니다. 처음에는 누군가로 정아은 작가님의 빈자리를 채워볼까 했지만 금세 깨달았습니다. 정아은 작가님은 다른 누구로도 대체할 수 없는 존재임을 말이죠. 그래서 네 명의 작가들이 원고를 쓰고, 각자 정아은 작가님에 대한 자그마한 추억을 남겨놓기로 했습니다. 정아은 작가님을 모르는 분들에게 말씀드리고 싶습니다. 작가님은 세상과 타협하지 않았고, 쉬운 길을 걷지 않으셨습니다. 누구보다 따뜻한 마음을 지녔고, 사람을 편안하게 대해주었습니다. 그래서 소리 내어 말하고 싶습니다. 우리 곁에 정말 좋은 작가가 있었고, 그 이름이 정아은이었다고 말이죠.

우리의 연애는 모두의 관심사
© 장강명 차무진 소향 정명섭

1판 1쇄 2025년 4월 14일

지은이 ♦ 장강명 차무진 소향 정명섭
펴낸이 ♦ 고우리
펴낸곳 ♦ 마름모
등 록 ♦ 제 2021-000044호(2021년 5월 28일)
전 화 ♦ 070-8028-3973
팩 스 ♦ 02-6488-9874
메 일 ♦ marmmopress@naver.com
블로그 ♦ blog.naver.com/marmmopress
인스타그램 ♦ @marmmo.press

ISBN ♦ 979-11-94285-06-9 (03810)

잘못 만든 책은 구입하신 서점에서 바꿔드립니다.
무단 전재와 복제를 금합니다.

평행하는 선들은 결국 만난다 ♦ 마름모